Les Mouches d'automne

précédé de

La Niania

et suivi de

Naissance d'une révolution

Irène Némirovsky

Les Mouches d'automne

précédé de
La Niania

et suivi de
Naissance d'une révolution

Préface et édition d'Olivier Philipponnat

Bernard Grasset
Paris

ISBN 978-2-246-22304-7
ISSN 0756-7170

Mirages russes

C'est une chose terrible que la nostalgie de la patrie
qu'on a quittée, mais c'est une chose plus terrible encore
que la nostalgie de la patrie qui n'existe plus et n'existera
jamais plus pour soi.

Alexandre Zinoviev, *Para Bellum*

« En 1923 j'envoyai un conte au *Matin*, qui le publia »,
signale Irène Némirovsky, sans façon, au reporter des
Nouvelles littéraires. C'est sa première grande interview.
A vingt-six ans, elle vient de donner le jour à une petite fille,
puis au roman qui l'a rendue célèbre en trois semaines,
David Golder. Guidé par ce parfum de renommée, Frédéric
Lefèvre a gravi les quatre étages du 8 avenue Daniel-
Lesueur, dans le quartier des Invalides. Il compte y découvrir la « personnalité réelle » de la romancière prodige.
« Pour tout dire, avoue-t-il, je me résignais difficilement à
admettre qu'un livre si riche d'expérience humaine, de
connaissance des affaires, fût l'œuvre d'une femme de vingt-
quatre ans [1]. » Comme ses confrères, Lefèvre est encore

1. F. Lefèvre, « Une révélation. Une heure avec Irène Némirovsky », *Les Nouvelles littéraires*, 11 janvier 1930.

étourdi par les qualités viriles de *David Golder* : brutalité, causticité, salacité. Et comme eux, il a été abusé par le rusé Grasset, éditeur et illusionniste, qui a recommandé à Irène Némirovsky de se rajeunir de deux ans, pour l'esbroufe. Consigne dont elle s'acquitte tant bien que mal. A cause de cet artifice, impossible de retrouver, trois quarts de siècle plus tard, le fameux « conte » envoyé au *Matin* « sans recommandation ». Nulle trace en 1923, ni 1922, ni 1921, fût-ce sous le pseudonyme de Nerey, anagramme d'Irène, ou de Topsy, le sobriquet que lui avait trouvé sa gouvernante anglaise...

C'est oublier qu'Irène Némirovsky, écrivain tôt accompli, maniait la litote. Car si *Le Matin* publia son conte – quelques pages d'écolier soigneusement remplies –, ce ne fut pas sans retard ! Confié à la rubrique quotidienne des « Mille et un matins », dirigée par Colette, il lui fut d'abord retourné, plié en quatre, à l'adresse indiquée par son auteur : 18, avenue du Président-Wilson. Là s'élevait l'hôtel particulier où son père Leonid, ayant rebâti en France un avatar de sa banque moscovite, venait d'enterrer tout espoir de revoir Saint-Pétersbourg. Là, sans doute, sa fille remit son œuvre sur le métier et la retailla aux dimensions de l'unique colonne où elle finit par paraître, le 9 mai 1924, sous son titre original : « La Niania ».

Sept ans bientôt après la révolution russe, deux ans après la fin de la guerre civile, quelques semaines après la mort de Lénine, le bourgeois français frémit toujours au spectacle du carnaval rouge, peste sociale d'autant plus contagieuse, croit-il, qu'elle serait d'essence juive. Après tout, Trotski n'est-il pas le pseudonyme de Bronstein ? A Paris, le banquier Némirovsky sera d'ailleurs soupçonné d'avoir spéculé pour le compte des bolcheviks. *Le Matin*, parmi d'autres, tient la chronique quotidienne de cette apocalypse. Ce 9 mai

1924, en une, on fustige le « militarisme bolchevique », arme de chantage aux mains des Soviets. Trois pages plus loin, le conte d'Irène Némirovsky, vingt et un ans, ajoute à ces graves considérations l'indispensable touche de pathétisme slave. Dénuée de contenu politique, « La Niania », fable au goût du jour, n'en illustre pas moins l'absurde vie hors sol des familles russes déracinées et de leur domesticité. A ceci près qu'ici, « les maîtres » en souffrent moins que l'inconsolable *niania* – « mot câlin » qui désigne, en russe, la vieille et tendre bonne d'enfants. Cette fibre sociale annonce, dans *Suite française*, l'apitoiement d'Irène Némirovsky sur les vieux Michaud : « Ceux qui trinquent toujours et les seuls qui soient nobles vraiment [1]. »

Ce personnage, la *niania*, ne fait pas irruption dans les lettres françaises. Depuis que le goût russe est à la mode, c'est-à-dire depuis le Second Empire, l'exotisme slave triomphe. En 1878, la romancière Henry Gréville avait déjà conquis les cœurs simples en historiant dans *La Niania* les amours contrariées, quoique puériles, de deux nobles tourtereaux. Tolstoï et surtout Tchekhov, lectures favorites d'Irène Némirovsky, sont peuplés de ces serviteurs démodés, fidèles comme des chiens, moins à leurs maîtres qu'aux temps révolus. « Je me rappelle, tout le monde était heureux, et de quoi, s'il vous plaît, ils n'en savaient rien eux-mêmes [2] », ratiocinait le vieux Firs dans *La Cerisaie*, en 1903. Ce Firs pourrait être un cousin de la vieille, « si vieille » *niania* d'Irène Némirovsky, qui « gardait en elle, comme un coffret ancien, la jeunesse et la joie de tous ces êtres que la vie avait fait vieux et tristes ».

---

1. Manuscrit de *Suite française*, note marginale, 30 juin 1941. Irène Némirovsky a donné aux Michaud le nom de la nourrice de sa fille aînée.

2. A. Tchekhov, *La Cerisaie*, acte II, in *Théâtre*, vol. I, traduction d'Elsa Triolet, Les Éditeurs français réunis, 1954, p. 402.

Vingt ans ont passé depuis *La Cerisaie*. Tchekhov est mort trop tôt pour ajouter l'exil aux courants subtils qui, dans son théâtre, détachent ses personnages, les mènent au naufrage, puis les noient dans le soliloque. Une révolution a fourni un objet à la mélancolie russe en l'expulsant du côté de Constantinople, Berlin ou Passy – *Passiakh* dans la langue de la « Russie fantôme », comme on a nommé les quelques milliers de réfugiés du losange tour Eiffel, arc de Triomphe, porte de la Muette, bois de Boulogne. Irène Némirovsky y a tour à tour habité un meublé bohème rue de la Pompe, l'hôtel de l'avenue du Président-Wilson, enfin un appartement d'étudiante rue Boissière, à partir de 1923. Elle n'est guère différente de Natacha, la jeune fille de son conte, qui habite près des Ternes et suit des cours à la Sorbonne, où elle-même apprend les lettres russes et la littérature comparée. Comme sa jeune héroïne, Irène Némirovsky mène de 1920 jusqu'à son mariage, en 1926, une « vie ballottée, menacée, excitante [1] » : bals, boîtes, flirts, cigarettes et *sherry-goblers*, virées en side-car ou auto de louage. Quant à sa *niania*, « petite et maigre », la face ridée, les yeux « rougis de larmes rentrées », elle a les traits de sa grand-mère maternelle, Rosa, telle qu'elle apparaîtra en 1934 dans le premier jet du *Vin de solitude* : « Pauvre femme, petite, mince, fluette dans mon imagination, toujours semblant avoir 75 ans, boitant rapidement sur une jambe, un visage effacé comme une vieille photographie, les traits flous, jaunis, délayés dans les larmes [2]. » On s'explique mieux que « La Niania », premier récit ambitieux d'Irène Némirovsky, fut entrepris après l'arrivée en France de ses grands-parents, échappés *in extremis* de la nasse soviétique, en 1922.

---

1. *Les Mouches d'automne*, V, p. 69.
2. Journal de travail du *Vin de solitude*, 1934 (IMEC).

La vieille Rosa ne se fit jamais à la vie française. Sa vue déclinait déjà lorsque Irène la retrouva à Nice, blanche et rabougrie, après huit années de séparation. La journaliste russe Nina Gourfinkel a justement observé, dans ses mémoires, que la colonie des exilés se partageait entre « immigrés », qui s'étaient fait une raison, et « émigrés » pétris de regret, vivant entre eux « une existence artificielle, en conserve [1] ». Pour les premiers, l'année 1925 fut celle de la course aux papiers français promis par Poincaré, après la reconnaissance de l'URSS par Paris; pour les « émigrés », au contraire, la rumeur de la naturalisation du comte Kokovtzov, ex-ministre des Finances du tsar et président du Comité des banques russes en exil (où siégeaient le père et le beau-père d'Irène Némirovsky), fut regardée comme une trahison.

Il va de soi qu'Irène Némirovsky, ayant vécu dès l'enfance à Biarritz, Cannes ou Vichy les longs mois de l'hiver russe, élevée à Kiev par du personnel français, était une « immigrée ». Paris? « Depuis l'âge de quatre ans, jusqu'à la guerre, j'y suis venue tous les ans régulièrement. J'y avais séjourné la première fois pendant un an [2]. » Au point qu'elle se revendiquera « écrivain plus français que russe », car : « Je n'ai jamais écrit en russe que des rédactions scolaires [3]. » Les premiers temps après l'installation de sa famille à Paris, en juillet 1919, elle fréquente par nécessité les cercles et les Noëls russes, et ses amis s'appellent Olga, Choura, Daria; mais, très vite, elle courtise les René, Madeleine ou Loulou. Plus tard, elle n'aura aucune affinité avec les grands « émigrés », Bounine, Merejkovsky, Zaitsev, écrivains d'avant le déluge. Et sa première fille sera prénommée Denise, France :

1. N. Gourfinkel, *Aux prises avec mon temps*. II. *L'Autre Patrie*, Seuil, 1953, p. 72.
2. F. Lefèvre, « Une révélation... », *op. cit.*
3. G. Higgins, « Les Conrad français », *Les Nouvelles littéraires*, 6 avril 1940.

comment mieux marquer son attachement définitif à ce
« beau », ce « charmant pays [1] », si accueillant aux étrangers ?

Française de cœur et d'esprit, Irène Némirovsky n'en
conservait pas moins en mémoire des images de Russie,
d'autant moins délébiles qu'imprimées dans un cerveau
d'enfant : la brusque effloraison du printemps ukrainien, les
galets et les roses de Tauride, et bien entendu la neige qu'à
défaut d'avoir à Paris elle allait trouver à Besse ou Megève.
Mais aussi les incohérentes journées de février 1917, à
Petrograd, qui préludèrent au « bouleversement de toute la
vie ». Pour elle, la révolution aura toujours deux visages :
celui, « fier et timide », des femmes du 23 février, défilant
pour du pain ; et celui, « hagard et fou », des chasses à
l'homme et du simulacre d'exécution dont elle fut le témoin.
Ils se font face dans « Naissance d'une révolution », scènes
hallucinatoires publiées par *Le Figaro littéraire* en 1938.
Comme la France dut paraître paisible à cette jeune exilée !

Ces deux figures de la Russie, la neige et le sang – le visage
« vif et souriant » de la vieille Tatiana Ivanovna, la « grosse
figure rose et pleine » du cocher fanatisé –, composent la
physionomie ambivalente des *Mouches d'automne*, dont le
sous-titre initial, *La Femme d'autrefois*, situe bien la nostalgie d'Irène Némirovsky. Autrefois : Tatiana n'a que ce mot à
l'esprit. « Chez nous, nous cassions la glace avec nos pieds
nus, au printemps, et je le ferais bien encore [2]. » Dans
« La Niania », trompée par le brouillard et le remugle de la
Seine, qui lui rappellent les canaux de Petrograd, la vieille
bonne est percutée par un taxi parisien ; dans *Les Mouches
d'automne*, paru chez Simon Kra en mai 1931 et qui en est
l'aboutissement, Tatiana Ivanovna croit pouvoir traverser la

---

1. *Les Mouches d'automne*, IV, p. 64.
2. *Ibid.*, II, p. 48.

Seine durcie, comme autrefois les rivières de Karinovka.
(L'auto taxi se contente de lui jeter de la boue au visage,
mais elle resservira, dans *Suite française*, à renverser l'indif-
férent Langelet, pour lui apprendre à mourir.) D'un texte à
l'autre, la nostalgie est un piège qu'Irène Némirovsky n'a pas
mieux tendu, mais qu'elle a dissimulé sous l'épaisseur du
récit. Elle-même s'en garde superstitieusement : « Je pense
et je rêve même en français[1]. » On ne saurait être plus
prudent.

Ces deux morts romanesques sont le reflet d'une autre,
bien réelle, qui est leur contraire : celle de Marie, la gouvernante française d'Irène Némirovsky. Elle se précipita dans
l'eau glacée de la Moïka un jour de 1917, folle d'exil dans un
pays barbare. Le prière d'insérer des *Mouches d'automne*,
lors de sa reprise aux éditions Grasset en décembre 1931,
choisit de le révéler : « Il est une chose que je voudrais
signaler. Ces *Mouches d'automne* ont paru dans une collec-
tion à tirage limité, et les critiques qui en ont parlé ont
désapprouvé la fin, invraisemblable et "mélo". Il me paraît
assez intéressant de préciser que le suicide de la vieille tante
Tatiana est le seul fait authentiquement, absolument réel du
récit. Ainsi est morte ma gouvernante, une femme au cœur
simple et dévouée qui m'a élevée, que j'aimais comme une
mère. Par hommage à sa mémoire et parce que je crois que
l'on doit répondre de ses erreurs, je n'ai rien voulu changer à
la présente édition. »

Écrivain russe d'expression française ? Romancière française de l'âme russe ? Il faut, lorsqu'on pose ces questions,
garder à l'esprit que la nostalgie d'Irène Némirovsky avait
des traits français, ceux d'une « servante au grand cœur »
qu'elle avait tendrement chérie, faute d'aimer sa mère. Elle

---

1. G. Higgins, *op. cit.*

l'a écrit sans ambages : « Dans mon enfance, elle [*Marie*] représentait le refuge, la lumière. Combien de fois elle m'a consolée, quand j'étais injustement punie, rudoyée, grondée. Elle m'apaisait, elle était pleine de mesure, de sagesse [1]... » Aussi Henri de Régnier n'avait-il pas tout à fait tort d'estimer : « Némirovsky écrit russe en français [2] » car, au sens le plus intime, le français était bien sa langue maternelle.

La tragédie de « Zézelle » – ainsi qu'elle l'appelait étant enfant – la poursuivra jusqu'à ses derniers romans. Euphémisée en 1935 dans *Le Vin de solitude*, « autobiographie mal déguisée », la noyade fera encore de nombreuses victimes dans son œuvre. Dix ans après *Les Mouches d'automne*, l'abbé Péricand disparaît à son tour dans l'étang de *Suite française*, puis Jean Dorin dans la rivière nocturne de *Chaleur du sang*. « Noire » dans *Les Mouches d'automne*, l'eau était « mélancolique et sombre » dans « La Niania ». Et déjà, dans *Le Bal* (1929), la Seine engloutissait les prétentions sociales des époux Kampf...

Tombeau de la « Russie absente [3] », autant dire de la jeunesse perdue, l'eau ressemble, dans l'œuvre d'Irène Némirovsky, aux miroirs qu'elle ne cesse d'y présenter aux femmes éprises d'immuabilité, leur révélant « la bouffissure maladive de la chair [4] ». D'où le titre « Déclins », d'abord envisagé pour *Les Mouches d'automne*. Peu de critiques, hormis André Thérive, qui sut y respirer « l'odeur amère [...] de mort et de solitude [5] », ont souligné la dimension morbide de ce récit, préférant y voir une énième illustration de

---

1. Journal de travail du *Vin de solitude*, 1934 (IMEC).

2. H. de Régnier, *Les Cahiers inédits 1887-1936*, Pygmalion/G. Watelet, 2002, p. 881 (3 novembre 1935).

3. *Cf.* V. Weidlé, *La Russie absente et présente*, Gallimard, 1949.

4. *Les Mouches d'automne*, VI, p. 77.

5. *Le Temps*, 3 mars 1932.

l'insondable âme russe. Même Robert Brasillach, navré de donner ce « petit livre d'une grande sobriété » en modèle aux ennuyeuses romancières françaises, n'évite pas le cliché : « Mme Némirovski a fait passer l'immense mélancolie russe sous une forme française, et lui a presque ôté sa force dissolvante. Il ne reste plus que ce témoin d'un temps troublé, cette servante en qui s'incarnent d'incontestables vertus de fidélité et de foi et qui meurt, victime de déracinement. [...] On lira et on gardera ce livre dont la poésie est si émouvante et si vraie [1]. »

On voudrait demander à Robert Brasillach s'il avait conservé en 1942 le livre d'Irène Némirovsky, « d'origine à la fois russe et israélite », et néanmoins initiée aux « secrets de notre race ». En dix ans, le prometteur critique d'*Action française* était devenu l'aboyeur antijuif de *Je suis partout*. Si Irène Némirovsky fut arrêtée le 13 juillet 1942, seule, dans le village de Bourgogne où elle avait cru s'abriter, c'est peut-être que de tels individus encourageaient la délation. Quant aux *Mouches d'automne*, ce livre avait disparu des librairies, pilonné pour satisfaire aux mesures antijuives. Or, c'est précisément dans ce livre que Michel Epstein, mari de la romancière, désespérera d'extraire des preuves de « haine pour le régime bolchevique », afin de les offrir en gage aux autorités d'occupation. « Anti-révolutionnaire certes mais non pas anti-bolchevique [2] », tranchera Hélène Morand, chargée d'intercéder auprès de l'ambassadeur allemand Otto Abetz. La vie d'une Juive pouvait alors tenir à ce genre de distinguo.

Bolchevique, elle ne l'était certes pas, ni assez bornée pour négliger la littérature soviétique. Il lui arriva même de placer

---

1. R. Brasillach, « Irène Némirovski : *les Mouches d'automne* », *Action française*, 7 janvier 1932.
2. Citée par André Sabatier, lettre à Michel Epstein, 12 août 1942.

Zochtchenko « au-dessus de Tchekhov[1] ». Nullement dupe des lourdeurs du réalisme socialiste, rien ne la réjouissait plus que de découvrir, palpitant sous le béton de l'optimisme soviétique, les accents d'une « nostalgie inavouée[2] » – fût-ce nostalgie de la révolution. En revanche, les esquisses et notes marginales de *Suite française* le prouvent, elle haïssait l'« esprit communautaire », négation de l'individu. Eût-elle poursuivi *Captivité*, troisième volet de son grand œuvre, on aurait vu l'écrivain Corte, tout acquis à la Révolution nationale, épouser successivement la Collaboration et la Résistance, avant d'ambitionner devenir « le grand homme du Parti » !

Les bolcheviks prétendaient faire entrer la raison en armes dans l'Histoire. Ils y insinuèrent la barbarie – laquelle, disait Leopardi, « n'est pas tant le défaut de la raison que celui de la nature[3] ». Car ce n'est pas l'instinct de destruction qui a permis la Kolyma, Babi Yar ni Auschwitz – où Irène Némirovsky survécut un mois –, mais une grave perversion de la rationalité. A ce dieu exsangue, le peintre du cœur humain qu'elle était préféra toujours les élans irrationnels du désir ou du regret. Quand bien même ces mirages conduisent Tatiana Ivanovna, dans *Les Mouches d'automne*, à pénétrer dans l'eau glacée, sa volonté seule l'autorise à s'y noyer. Cette marque ultime de liberté, d'aucuns diront paradoxale, est bien le sceau d'Irène Némirovsky.

OLIVIER PHILIPPONNAT

1. « En marge de *L'Affaire Couriloff*. Radio-Dialogue entre F. Lefèvre et Mme I. Némirovsky », *Sud de Montpellier*, 7 juin 1933.

2. « Deux romans russes... », *La Revue hebdomadaire*, n° 8, 23 février 1935. (*Cf.* annexe, p. 105.)

3. G. Leopardi, *Zibaldone*, Allia, 2003, p. 115.

La Niania [1]

1. Ce « conte » parut dans la rubrique « Les Mille et un matins » du quotidien *Le Matin*, le vendredi 9 mai 1924, en page quatre. Il constitue une version abrégée et légèrement corrigée du manuscrit initial, conservé à l'Institut Mémoire de l'édition contemporaine (IMEC). Nous indiquons entre crochets les suppressions, en italiques les ajouts d'Irène Némirovsky d'une version à l'autre.

Elle avait eu un nom à elle, comme tout le monde, mais depuis longtemps, il était oublié... On l'appelait « la Niania », qui signifie « ma bonne » en russe, du mot câlin que trois générations d'enfants, *élevés par elle,* avaient balbutié l'un après l'autre[, de leurs douces voix malhabiles. Elle les avait tous élevés, soignés quand ils étaient malades ; elle avait consolé leurs peines en leur contant de vieilles histoires, en leur chantant de vieilles chansons. Ils avaient grandi ; ils étaient devenus des hommes et des femmes ; bien des choses s'étaient effacées de leurs mémoires ; le lumineux univers puéril s'était obscurci à leurs yeux, mais les paroles, les gestes, les légendes et les complaintes de la Niania étaient demeurés vivants dans leurs cœurs. Puis, les uns étaient morts ; les autres partis au loin ; d'autres encore étaient restés dans l'antique maison familiale ; ils s'étaient mariés ; à leur tour, maintenant, leurs enfants dormaient, bercés par la main ridée de la Niania, dans les petits lits qui avaient abrité le sommeil de leurs pères avant eux].

La Niania était très vieille, si vieille qu'elle ne changeait plus depuis des années. Elle paraissait immuable, comme le château, comme le parc centenaire, comme l'étang silencieux où se balançaient de grands nénuphars, tout roses au soleil couchant.

[Elle passait, parmi les paysages familiers, petite et maigre, courbée sur son bâton ; ses yeux pâles semblaient usés par toutes les visions qu'ils avaient reflétées, par toutes les larmes qu'ils avaient versées.]

On la chérissait [justement,] à cause des souvenirs inscrits dans les rides de sa figure, [comme sur les pages d'un livre, parce qu'elle se rappelait les existences disparues,] parce qu'elle gardait en elle, comme un coffret ancien, la jeunesse et la joie de tous ces êtres que la vie avait faits vieux et tristes.

Et il semblait aussi impossible de voir mourir la Niania que de voir s'en aller le château, le parc et l'étang.

Pourtant, un beau jour, tout cela fut détruit [, – des siècles de grandeur, des hommes bons ou méchants et de vieilles choses surannées et charmantes, – tout le passé]. La Révolution [qu'on n'attend jamais, pas plus que la mort,] s'était abattue sur la Russie. Bien des foyers furent dispersés aux quatre coins du monde ; le château fut brûlé ; dans le parc, *les tilleuls et* les chênes tombèrent sous la cognée des paysans révoltés [; les tilleuls furent coupés, et leurs branches et leurs troncs, pendant l'hiver, entretinrent les feux des isbas, brûlant pêle-mêle avec les étoffes rares et les meubles précieux du château.

Dans l'étang, une nuit, on jeta des cadavres encore chauds, et, parmi eux, ceux des deux fils aimés ; l'eau mélancolique et sombre, comme un miroir terni, ne refléta plus que le squelette noirci de la maison, une plaine calcinée et une vieille barque abandonnée qui pourrissait parmi les nénuphars blancs.

Pourtant, le reste de la famille fut sauvé ; le père, la

mère, la tante Sonia, les fils cadets, Georges, Vassili et André, Natacha qui n'avait que seize ans et qui riait toujours, et la Niania échappèrent à la tourmente ; ils emportaient avec eux quelques diamants, le samovar d'argent et les Saintes Images. C'était tout ce qui leur restait des richesses d'autrefois, mais comme ils avaient conservé la vie, ils ne songeaient pas à sa plaindre.]

[Et un beau matin,] *Mais les maîtres furent sauvés, ainsi que la Niania, et* un matin de juillet poussiéreux et lourd, ils échouèrent *tous* à Paris.

*

Ils habitaient au cinquième, près des Ternes, un appartement minuscule, qui sentait le graillon et l'étuve, tout en haut d'une laide bâtisse grise.

Pourtant, ils n'étaient pas malheureux.

Certes, ils n'oubliaient pas [la Russie] *leur patrie* lointaine [, les églises aux dômes bulbeux roses ou verts, ni les canaux étroits de Petrograd où coule, entre les quais de granit, la Néva noire ; ils n'oubliaient pas le vol silencieux des chauve-souris dans les nuits de Crimée, au-dessus des blancs villages tartares endormis sous la lune. Seulement, tout cela] ; *seulement, elle* s'effaçait dans leur mémoire comme s'estompe et se décolore une [image ancienne] *très vieille image* [, comme la vision des heures sanglantes de la Révolution, les spectres de la faim, du froid, de la peur.

Ils] ; *et ils* se prenaient à aimer leur logis de hasard et la France hospitalière.

[Le père marchait le long des Boulevards, au crépuscule, d'un pas vif et allègre, et il cherchait l'emplacement des vieux cafés où, vers l'an 1900, il avait soupé avec des compagnons joyeux et de jolies femmes. Devant lui filaient dans le soir léger, des midinettes, leur grand carton au bras, et il se souvenait, et il souriait, et il se redressait davantage, humant dans l'air comme le parfum des conquêtes d'autrefois.

La mère et la tante Sonia allaient à l'église orthodoxe de la rue Daru, puis à des concerts de bienfaisance, chez d'autres Russes qui se consolaient, eux aussi et jetaient par les fenêtres les quelques sous qui leur restaient, avec la même grâce désinvolte que leurs millions de roubles, jadis.

Natacha suivait des cours à la Sorbonne.

Georges rêvait dans l'île Saint-Louis et écrivait des vers sur tous les zincs de tous les bistros de la rive gauche.

Vassili se perfectionnait dans l'étude de la langue française auprès d'une aimable jeune femme blonde de la rue Lepic. Quant à André, douze ans, élève au Lycée Janson, il ressemblait aux petits Parisiens de son âge et possédait à merveille toutes les finesses de l'argot ; il prenait tous les prix de la classe ; il boxait ; il montait à cheval et à bicyclette. Déjà il faisait des fautes de russe, en parlant.

Tous, ils se consolaient.]

La [vieille] Niania, seule, ne se consolait pas. Elle n'oubliait rien, et elle n'était pas heureuse.

[Dans la lingerie, une petite pièce sombre, vers laquelle montaient tous les bruits de la cour, elle se tenait immobile dans son fauteuil ou bien elle ravaudait des bas ; une veilleuse allumée nuit et jour devant les Saintes Images, brillait dans l'ombre comme un rubis. Elle soupirait et se taisait ; quand elle levait la tête, elle voyait une cour profonde et étroite comme un entonnoir, des fenêtres ternies, et des visages étrangers, hostiles qui se penchaient à des balcons poussiéreux ornés de fleurs maladives dans des pots de terre. Au-dessus d'elle, le ciel était immuablement bleu ; un ciel éclatant, implacable d'été ; puis la nuit venait, et une lueur pourprée y palpitait : c'était les feux de la ville, dans les soirs, comme des reflets d'incendie. Et toujours, toujours le bruit de Paris qui faisait trembler les vitres.

La Niania disait :

« Chez nous, à présent, c'est le temps de la mois-son... »

Elle disait :

« Chez nous, quand les cerisiers étaient en fleurs... » mais on l'interrompait en haussant les épaules :

« C'est passé, tout cela, ma pauvre vieille. Ça ne re-viendra plus... »

Mais elle ne pouvait pas y croire. Que faisait-elle dans cette ville immense, parmi ces gens qui ne parlaient pas sa langue, qui étaient remuants et gais, qui se retournaient et riaient quand elle se signait en passant devant les églises ? Cette bousculade, ce vacarme, cette odeur de pétrole et d'évier...] Elle étouffait dans ces rues, bondées de monde, où les maisons entassées [l'une sur l'autre] *les unes sur les autres* semblaient se disputer le peu d'air respirable. [Dans les appartements, les plafonds étaient si bas qu'on avait l'impression d'être écrasé par eux. Dehors aussi on se sentait à l'étroit, comme emprisonné entre quatre murs.] Elle pensait à sa mélancolique con-trée, aux forêts profondes, [aux horizons sans limites et] aux plaines infinies [qui vont, pendant des lieues et des lieues à perte de regard ; c'était là qu'on comprenait ce que c'est que l'espace !]. Pour l'âme de cette humble servante, l'Europe appauvrie était trop petite.

L'été, cependant, passait.

La Niania se souvenait des hivers [de là-bas, du bon

froid vif et sec qui cingle les joues et pince les oreilles, des rues de Moscou toutes glacées, des chevaux qui piaffent et soufflent de la fumée par les naseaux, du soleil sur les toits blancs, des becs de gaz comme recouverts d'un épais manteau de ouate, et de la neige qui tombe, qui tombe, qui tombe...

La neige... Le vol silencieux des grands flocons blancs, le] *blancs, du* calme magique de la campagne sous la neige... *La première neige...*

[Elle regardait le calendrier qui marquait la fin d'octobre ; les feuilles sèches qui bruissaient au vent aigre et mouillé de l'automne.] Elle *l'*attendait avec une impatience fébrile [la première neige]. Quand elle la verrait tourbillonner dans l'air [et recouvrir les trottoirs de son tapis clair], cela lui ferait mal et [bon] *bien* en même temps... Ce serait vraiment un peu de la Russie retrouvée... Et tous les matins, elle regardait avec amitié le ciel, de jour en jour plus gris.

Mais la neige ne tombait pas.

[En revanche, il pleuvait. De l'aube au crépuscule, la pluie s'égouttait le long des vitres, clapotait sur le bord des fenêtres, gargouillait dans les gouttières, retombait avec fracas sur les toits voisins. Et dehors pataugeaient des gens avec de grands « floc » de bottines mouillées, et les taxis faisaient gicler la boue en jets noirâtres dans la figure des passants, et une armée de parapluies luisants couvrait les rues, et toujours, toujours le bruit de Paris comme une plainte sourde.]

« L'hiver ne viendra *donc* jamais ? » murmurait la Niania.

Octobre était passé, et les cloches mélancoliques de la Toussaint sonnaient dans le brouillard.

[Un jour qu'elle rêvait ainsi tout haut, le petit André lui dit :

« Ma pauvre Nianioutchka, il ne neige jamais en
France. » Elle secoua la tête, le regardant par-dessus les
lunettes rondes qui chevauchaient le bout de son nez.

« Ce n'est pas bien de se moquer ainsi, André.

— Mais je ne me moque pas, protesta l'enfant : c'est
vrai ce que je te dis là. Demande-le à père si tu ne me
crois pas.

— Il ne neige jamais ?

— Si peu du moins que ce n'est pas la peine d'en
parler. »

La vieille leva en l'air ses deux mains tremblantes.

« Je ne le crois pas. Je ne le croirai jamais. »

Le petit garçon s'en alla en riant, et il confia le soir
même à sa sœur qu'à son avis « la Niania déména-
geait ». Cependant elle] *La Niania* continuait à attendre
la neige, et son désir devenait [pareil à] une obsession
maladive. Chaque matin elle allait à la fenêtre et scrutait longuement les toits, mais elle n'y voyait qu'un peu
de boue [gluante] *noirâtre*, et elle se détournait en
soupirant.

[Elle devenait encore plus silencieuse, plus petite,
semblait-il, comme tassée ; ses yeux étaient rougis de
larmes rentrées ; sa bouche creuse marmottait des
paroles sans suite que personne ne pouvait comprendre.

L'hiver, justement, cette année-là, était fade, lourd et
le brouillard pesait sur la ville, comme une épaisse
brume jaune.] Les maîtres fuyaient tant qu'ils pouvaient
l'appartement obscur. Ils étaient toujours pressés [à
présent], nerveux [, fébriles.] ... [La Niania, seule du
matin au soir, ravaudait des bas sous la lampe rouge de
l'Ikône, mais souvent ses mains retombaient sur ses
genoux, et elle fixait dans le vague des yeux extraordinaires, profonds et vidés.] Souvent aussi, [on la boscu-
lait, on la brusquait] *ils bousculaient la Niania, ils la*

brusquaient. Là-bas, dans les palais immenses où vivait toute une armée de serviteurs, de protégés, de parents pauvres, la vieille Niania n'aurait gêné personne [;].
Mais ici, dans ces pièces minuscules, on se heurtait sans cesse à cette ombre aux yeux tristes comme un reproche. [D'ailleurs, son ouïe baissait ; il fallait l'appeler par trois fois avant qu'elle ne sursautât sur sa chaise, et sa pensée semblait absente ou endormie ; elle avait à présent, la manie de l'ordre ; elle passait tout le temps le doigt sur les meubles pour enlever les traces de poussière ; elle brossait interminablement les vêtements d'André, rangeait ses menus objets ; elle voyait partout sur les tapis, sur les tentures, cette poussière imaginaire qui s'y accumulait selon elle, la tourmentait, torturait son pauvre cerveau affaibli. Les enfants nerveux, impatientés, la renvoyaient parfois dans sa chambre ; elle baissait la tête alors et s'éloignait sans un mot. Ils voulaient la retenir, mais une espèce de honte mauvaise les en empêchait ; ils la laissaient partir, si faible, si petite, comme courbée déjà vers le tombeau.

*

Noël vint. Toute la famille réveillonnait chez des amis. La petite bonne, les maîtres partis, se hâta, elle aussi, de filer, et la Niania, *encore une fois,* resta seule [encore une fois].
Dans sa chambre, après la longue prière au pied des Ikônes, elle se coucha [;], *mais* son sommeil était léger et inquiet [. Elle se réveillait fréquemment, faisait le signe de la croix, marmottait des prières et se rendormait. Et] ; ses rêves, extraordinairement nets et précis, ressuscitaient le passé, avec tous ses détails,

toutes ses nuances, et [les saveurs] *la saveur* même de l'air de « là-bas ». Au petit jour, personne encore n'était rentré.

Elle se leva, fit lentement le tour de l'appartement, comme le chien abandonné qui rôde dans la maison vide et cherche les maîtres.

Puis, elle sortit.

[Elle allait rarement dans la rue, et jamais seule. Mais elle sentait qu'elle ne supporterait pas davantage la tristesse de ces misérables pièces désertes.

Dehors, le] *Le* brouillard était si dense qu'il entrait dans la bouche avec un goût d'iodoforme et de marais ; [on respirait comme un poison fade ;] quelques becs de gaz encore allumés luttaient avec un jour triste, malade, qui ne pouvait se décider à poindre [, aurait-on dit].

[C'était l'heure des pauvres, de tous les besogneux qui se hâtent, le dos rond, dans le grelottant crépuscule des matins. Personne ne remarquait la vieille femme qui s'en allait, rasant les murs, sans chapeau, le châle gris couvrant ses cheveux et retombant en plis lourds autour de son corps courbé. Elle allait droit devant elle.]

Elle marcha longtemps. Elle traversa des rues, des places, des avenues. Puis elle se trouva près des quais. L'odeur de l'eau lui rappela Petrograd. Pour la première fois depuis longtemps, un vague sourire vint flotter autour de sa bouche. Elle sentit qu'elle était lasse. Elle s'arrêta, s'accouda au parapet de pierre.

Et tout à coup son vieux cœur tressaillit et se mit à battre plus fort. Là-bas, très loin, il lui semblait voir miroiter une ligne blanche : c'était la Seine qui reflétait un pan de ciel plus clair. Mais, aux yeux fatigués de la Niania, cette échappée de lumière paraissait une plaine, le commencement d'une de ces grandes landes couvertes de neige de « là-bas ». Elle se mit à avancer à petits pas, et ses yeux étranges, un peu fous, étaient fixés sur cette ligne qui blanchissait toujours et [qui] reculait toujours...

On la bousculait, on l'injuriait, car elle marchait comme une somnambule sans dévier de son chemin.

Mais elle n'entendait rien. Dans ses oreilles sonnaient comme des cloches, et quand elles se taisaient, c'était un silence merveilleux, le silence blanc des campagnes ouatées de neige ; devant ses yeux tourbillonnaient des flammes de toutes les couleurs ; puis elles se transformèrent en grands flocons serrés qui tombaient, tombaient...

Elle allait toujours.

— [... N... de D...] *Eh ! là-bas !*... Etes-vous sourde, la vieille ?...

Elle continuait à marcher droit devant elle, sans voir, sans entendre.

Des appels affolés de trompe ; le grincement d'un taxi qui essaye en vain de freiner [; le cri aigu d'une femme qui passait et qui a vu...]. Et un corps menu, à peine plus grand que celui d'un enfant, qui *chancelle et roule dans la boue...* Quand on la ramassa, elle ne respirait plus. [Ses] *Des mains étrangères fermèrent ses* yeux pâles et vides *qui* paraissaient regarder au-delà de la vie des choses que nous ne voyons pas.

[Ainsi mourut la vieille Niania, écrasée par un taxi, un matin de brouillard parisien, près des quais. Des mains étrangères baissèrent les paupières ridées sur les yeux pâles.]

Et ce petit geste anéantit pour jamais tout ce qui restait *du passé* de toute une race, [–] le château, le parc centenaire, l'étang plein de nénuphars roses au crépuscule, les traits des disparus, et la jeunesse des vivants, [–] tout cela qui [n'avait pas été tout à fait mort] *n'achevait pas de mourir*, tant que le cœur fidèle d'une vieille femme en [avait gardé] *gardait* précieusement l'image.

[Ainsi mourut la Niania sans avoir revu danser la neige dans les plaines de son pays.]

Les Mouches d'automne [1]

1. 1re édition, Kra, mai 1931 ; 2e édition, Grasset, décembre 1931.

Chapitre premier

Elle hocha la tête, dit comme autrefois :

« Eh bien, adieu, Yourotchka... Prends bien soin de ta santé, mon chéri. »

Comme le temps passait... Enfant, quand il partait pour le Lycée de Moscou, en automne, il venait lui dire adieu ainsi, dans cette même chambre. Il y avait dix, douze ans de cela...

Elle regarda son uniforme d'officier avec une sorte d'étonnement, de triste orgueil.

« Ah, Yourotchka, mon petit, il me semble que c'était hier... »

Elle se tut, fit un geste las de la main. Il y avait cinquante et un ans qu'elle était dans la famille des Karine. Elle avait été la nourrice de Nicolas Alexandrovitch, le père de Youri, elle avait élevé ses frères et ses sœurs après lui, ses enfants... Elle se souvenait encore d'Alexandre Kirilovitch, tué à la guerre de Turquie en 1877, il y avait trente-neuf ans... Et maintenant, c'était le tour des petits, Cyrille, Youri, de partir, eux aussi, pour la guerre...

Elle soupira, traça sur le front de Youri le signe de la croix.

« Va, Dieu te protégera, mon chéri.

— Mais oui, ma vieille... »

Il sourit, avec une expression moqueuse et résignée. Il avait une figure de paysan, épaisse et fraîche. Il ne ressemblait pas aux autres Karine. Il prit entre les siennes les petites mains de la vieille femme, dures comme de l'écorce, presque noires, voulut les porter à ses lèvres.

Elle rougit, les retira précipitamment.

« Es-tu fou ? Ne dirait-on pas que je suis une belle jeune dame ? Va, maintenant, Yourotchka, descends... Ils dansent encore en bas.

— Adieu, Nianiouchka, Tatiana Ivanovna, dit-il de sa voix traînante, aux inflexions ironiques et un peu endormies, adieu, je te rapporterai de Berlin un châle de soie, si j'y entre, ce qui m'étonnerait, et, en attendant, je t'enverrai de Moscou une pièce d'étoffe pour la nouvelle année. »

Elle s'efforça de sourire, pinçant davantage sa bouche, demeurée fine, mais serrée et rentrée en dedans, comme aspirée par les vieilles mâchoire. C'était une femme de soixante-dix ans, d'aspect fragile, de petite taille, au visage vif et souriant ; son regard était perçant encore parfois, et à d'autres instants, las et tranquille. Elle secoua la tête.

« Tu promets beaucoup de choses, et ton frère est comme toi. Mais vous nous oublierez là-bas. Enfin, Dieu veuille seulement que ce soit bientôt fini, et que vous reveniez tous les deux. Est-ce que cette malédiction finira vite ?

— Certainement. Vite et mal.

— Il ne faut pas plaisanter comme cela, dit-elle vivement. Tout est dans les mains de Dieu. »

Elle le quitta, s'agenouilla devant la malle ouverte.

« Tu peux dire à Platocha et à Piotre de monter chercher les effets quand ils voudront. Tout est prêt. Les fourrures sont en bas et les plaids. Quand partez-vous ? Il est minuit.

— Si nous sommes au matin à Moscou, c'est suffisant. Le train part demain à onze heures. »

Elle soupira, hocha la tête de son geste familier.

« Ah, Seigneur Jésus, quel triste Noël... »

En bas, quelqu'un jouait au piano une valse rapide et légère ; on entendait les pas des danseurs sur les vieux parquets et le bruit des éperons.

Youri fit un signe de la main.

« Adieu, je descends, Nianiouchka.

— Va, mon cœur. »

Elle resta seule. Elle pliait les vêtements en marmottant : « Les bottes... Les pièces du vieux nécessaire... elles peuvent servir encore en campagne... Je n'ai rien oublié ? Les pelisses sont en bas... »

Ainsi, trente-neuf ans auparavant, quand Alexandre Kirilovitch était parti, elle avait emballé les uniformes, elle se rappelait bien, mon Dieu... La vieille femme de chambre, Agafia, était encore de ce monde... Elle-même était jeune, alors... Elle ferma les yeux, poussa un profond soupir, se releva lourdement.

« Je voudrais bien savoir où sont ces chiens, Platochka et Petka, grommela-t-elle. Dieu me pardonne. Ils sont tous ivres aujourd'hui. » Elle prit le châle tombé à terre, couvrit ses cheveux et sa bouche, descendit. L'appartement des enfants était bâti dans l'ancienne partie de la maison. C'était une belle demeure, de noble architecture, au grand fronton grec, orné de colonnes ; le parc s'étendait jusqu'à la commune voisine, Soukharevo. Depuis cinquante et un ans, Tatiana Ivanovna ne l'avait jamais quittée. Elle seule connaissait tous ses placards, ses caves, et les sombres chambres abandonnées du rez-de-chaussée, qui avaient été des pièces d'apparat, autrefois, où des générations avaient passé...

Elle traversa rapidement le salon. Cyrille l'aperçut, appela en riant :

« Eh bien, Tatiana Ivanovna ? Ils s'en vont, tes chéris ? »

Elle fronça les sourcils et sourit en même temps.

« Va, va, ça ne te fera pas de mal à toi, de vivre un peu à la dure, Kirilouchka... »

Celui-là et sa sœur Loulou avaient la beauté, les yeux étincelants, l'air cruel et heureux des Karine d'autrefois. Loulou valsait aux bras de son petit cousin, Tchernichef, un lycéen de quinze ans. Elle-même avait eu seize ans la veille. Elle était ravissante, avec ses joues rouges, enflammées par la danse, et ses tresses noires, épaisses, roulées autour de sa petite tête, comme une sombre couronne.

« Le temps, le temps, songeait Tatiana Ivanovna : ah, mon Dieu, on ne remarque pas comment il va, et un jour, on voit les petits enfants qui vous dépassent de la tête... Lulitchka, elle aussi, est une grande fille, à présent... Mon Dieu, et c'était hier que je disais à son père : "Ne pleure pas, Kolinka, tout passe, mon cœur." C'est un vieil homme, maintenant... »

Il était debout devant elle avec Hélène Vassilievna. Il la vit, tressaillit, murmura :

« Déjà ? Tatianouchka ? Les chevaux sont là ?

— Oui, il est temps, Nicolas Alexandrovitch. Je vais faire mettre les valises dans le traîneau. »

Il baissa la tête, mordit légèrement ses longues lèvres pâles.

« Déjà, mon Dieu ? Eh bien... qu'est-ce que tu veux ? Va. Va... »

Il se tourna vers sa femme, sourit faiblement, dit de sa voix lasse et calme comme à l'ordinaire :

« Children will grow, and old people will fret... N'est-ce pas, Nelly ? Allons, ma chère, je crois qu'il est vraiment temps. »

Ils se regardèrent sans rien dire. Elle rejeta nerveusement l'écharpe de dentelle noire sur son cou long et flexible, la seule beauté qui demeurât intacte de sa jeunesse, avec les yeux verts, scintillants comme l'eau.

« Je vais avec toi, Tatiana.

— A quoi bon ? fit la vieille femme en haussant les épaules, vous prendrez froid seulement.

— Ça ne fait rien », murmura-t-elle avec impatience.

Tatiana Ivanovna la suivit silencieusement. Elles traversèrent la petite galerie déserte. Autrefois, quand Hélène Vassilievna s'appelait la comtesse Eletzkaïa, quand elle venait rejoindre, les nuits d'été, Nicolas Karine, dans le pavillon au fond du parc, c'était par cette petite porte qu'ils pénétraient dans la maison endormie... c'était là qu'elle rencontrait parfois, au matin, la vieille Tatiana... elle la voyait encore s'effacer sur son passage et se signer. Cela semblait vieux et lointain, comme un rêve bizarre. Quand Eletzki était mort, elle avait épousé Karine... Au commencement l'hostilité de Tatiana Ivanovna l'avait irritée et peinée, souvent... Elle était jeune. Maintenant, c'était différent. Il lui arrivait de guetter, avec une sorte d'ironique et triste plaisir, les regards de la vieille femme, ses mouvements de recul et de pudeur, comme si elle était encore la pécheresse adultère courant aux rendez-vous, sous les vieux tilleuls... Cela, au moins, restait de sa jeunesse.

Elle demanda à haute voix :

« Tu n'as rien oublié ?

— Mais non, Hélène Vassilievna.

— La neige est forte. Fais ajouter des couvertures au traîneau.

— Soyez tranquille. »

Elles poussèrent la porte de la terrasse qui s'ouvrit avec peine en grinçant dans la neige épaisse. La nuit glacée était chargée d'une odeur de sapins gelés, de fumée lointaine. Tatiana Ivanovna attacha son châle sous son menton et courut jusqu'au traîneau. Elle était droite et vive encore, comme au temps où elle cherchait dans le parc, au crépuscule, Cyrille et Youri, enfants. Hélène Vassilievna ferma un instant les yeux, revoyant ses deux fils aînés, leurs visages, leurs jeux... Cyrille, son préféré. Il était si beau, si... heureux... Elle tremblait pour lui davantage que pour Youri. Elle les aimait tous passionnément... Mais Cyrille... Ah, c'était un péché de songer à cela... « Mon Dieu, protégez-les, sauvez-les, accordez-nous de vieillir, entourés de tous nos enfants... Ecoutez-moi, Seigneur ! Tout était dans les mains de Dieu », disait Tatiana Ivanovna.

Tatiana Ivanovna montait les marches de la terrasse secouant les flocons de neige accrochés aux mailles de son châle.

Elles revinrent au salon. Le piano s'était tu. Les jeunes gens parlaient entre eux, à mi-voix, debout au milieu de la pièce.

« Il est temps, mes enfants », dit Hélène Vassilievna.

Cyrille fit un signe de la main.

« C'est bien, Maman, tout de suite... Encore un verre, messieurs. »

Ils burent à la santé de l'empereur, de la famille impériale, des alliés, à la destruction de l'Allemagne. Après chaque toast, ils jetaient à terre les coupes, et les laquais ramassaient silencieusement les éclats. Les autres domestiques attendaient dans la galerie.

Quand les officiers passèrent devant eux, ils répétèrent tous ensemble, comme une morne leçon apprise par cœur :

« Eh bien... adieu, Cyrille Nicolaévitch... Adieu, Youri Nicolaévitch. » Un seul, le vieux cuisinier Antipe, toujours ivre et triste, inclina sa grosse tête grise sur l'épaule et ajouta machinalement d'une voix forte et enrouée :

« Dieu vous conserve en bonne santé.

— Les temps ont changé, grommela Tatiana Ivanovna. Le départ des Barines, autrefois... Les temps ont changé, et les hommes. »

Elle suivit Cyrille et Youri sur la terrasse. La neige tombait rapidement. Les laquais élevèrent leurs lanternes allumées, éclairant les statues au seuil de l'allée, deux Bellones étincelantes de glace et de givre, et le vieux parc gelé, immobile. Une dernière fois, Tatiana Ivanovna traça le signe de la croix au-dessus du traîneau et de la route ; les jeunes gens l'appelèrent, lui tendirent en riant leurs joues qui brûlaient, souffletées par le vent de la nuit. « Allons, adieu, porte-toi bien, ma vieille, nous reviendrons, n'aie pas peur... » Le cocher saisit les rênes, poussa une sorte de cri, de sifflement aigu et étrange, et les chevaux partirent. Un des laquais posa la lanterne à terre, bâilla.

« Vous restez là, grand'mère ? »

La vieille femme ne répondit pas. Ils s'en allèrent. Elle vit s'éteindre, une à une, les lumières de la terrasse et du vestibule. Dans la maison, Nicolas Alexandrovitch et ses hôtes étaient revenus s'asseoir autour de la table du souper. Nicolas Alexandrovitch prit machinalement une bouteille de champagne des mains du laquais.

« Pourquoi ne buvez-vous pas ? murmura-t-il avec effort, il faut boire. »

Il emplit les verres tendus, avec précaution ; ses doigts tremblaient légèrement. Un gros homme, aux moustaches peintes, le général Siédof, s'approcha de lui, lui souffla à l'oreille :

« Ne vous tourmentez pas, mon cher. J'ai parlé à Son Altesse. Il veillera sur eux, soyez tranquille. »

Nicolas Alexandrovitch haussa doucement les épaules. Lui aussi était allé à Saint-Pétersbourg... il avait obtenu des lettres et des audiences. Il avait parlé au Grand-Duc. Comme s'il pouvait empêcher les balles, la dysenterie... « Quand les enfants ont grandi, il n'y a plus qu'à se croiser les bras et laisser faire la vie... Mais on s'agite encore, on court, on s'imagine, ma parole... Je deviens vieux, songea-t-il brusquement, vieux et lâche. La guerre ?... Mon Dieu, aurais-je rêvé à vingt ans un sort plus beau ? »

Il dit à haute voix :

« Merci, Michel Mikaïlovitch... Que voulez-vous ? Ils feront comme les autres. Dieu nous donne seulement la victoire. »

Le vieux général répéta avec ferveur : « Dieu le veuille ! » Les autres, les jeunes, qui avaient été au front, se taisaient. L'un d'eux ouvrit machinalement le piano, frappa quelques notes.

« Dansez, mes enfants », dit Nicolas Alexandrovitch.

Il se rassit à la table de bridge, fit un signe à sa femme.

« Tu devrais aller te reposer, Nelly. Regarde comme tu es pâle.

— Toi aussi », dit-elle à mi-voix.

Ils se serrèrent silencieusement la main. Hélène Vassilievna sortit, et le vieux Karine prit les cartes et commença à jouer, tourmentant de temps en temps, d'un air absent, la bobèche d'argent du chandelier.

Chapitre II

Quelque temps encore, Tatiana Ivanovna écouta le bruit de grelots qui s'éloignait. « Ils vont vite », songeait-elle. Elle demeurait debout au milieu de l'allée, serrant des deux mains son châle sur son visage. La neige, sèche et légère, entrait dans les yeux comme une poudre ; la lune s'était levée, et les traces du traîneau, profondément creusées dans le sol gelé, étincelaient d'un feu bleu. Le vent tourna, et, aussitôt, la neige commença à tomber avec force. Le faible tintement des clochettes avait cessé ; les sapins chargés de glace craquaient dans le silence avec le sourd gémissement d'un effort humain.

La vieille femme revint lentement vers la maison. Elle pensait à Cyrille, à Youri, avec une sorte d'étonnement pénible... La guerre. Elle imaginait vaguement un champ et des chevaux au galop, des obus qui éclataient comme des cosses mûres... comme sur une image entrevue... où cela ?... un livre de classe, sans

doute, que les enfants avaient colorié... Quels enfants ?...
Ceux-là, ou Nicolas Alexandrovitch et ses frères ?...
Parfois, quand elle se sentait lasse, comme cette nuit,
elle les confondait dans sa mémoire. Un long rêve
confus... Est-ce qu'elle n'allait pas se réveiller, comme
autrefois, aux cris de Kolinka, dans la vieille chambre ?...

Cinquante et un ans... En ce temps-là, elle avait, elle
aussi, un mari, un enfant... Ils étaient morts, tous les
deux... Il y avait si longtemps qu'elle se souvenait avec
peine de leurs traits, parfois... Oui, tout passait, tout
était dans les mains de Dieu.

Elle remonta auprès du petit André, le plus jeune
enfant des Karine dont elle avait la garde. Il dormait
encore à côté d'elle, dans cette grande pièce d'angle où
Nicolas Alexandrovitch, et, après lui, ses frères, ses
sœurs, avaient vécu. Ceux-là étaient tous morts ou
partis au loin. La chambre paraissait trop vaste, trop
haute pour le peu de meubles qui demeuraient, le lit de
Tatiana Ivanovna et la couchette d'André, aux rideaux
blancs, à la petite icone ancienne suspendue entre les
barreaux. Un coffre à jouets, un antique petit pupitre de
bois, jadis blanc, que quarante années écoulées avaient
poli et teint de gris tendre comme une laque... Quatre
fenêtres nues, un vieux parquet rouge... Le jour, tout
cela était baigné d'un flot de lumière et d'air. Quand la
nuit venait et l'étrange silence, Tatiana Ivanovna disait :
« Il est temps, à présent, que d'autres viennent... »

Elle alluma une bougie, qui éclaira vaguement le
plafond peint d'anges aux grosses figures méchantes,
coiffa la flamme d'un cornet de carton, s'approcha
d'André. Il dormait profondément, sa tête dorée enfon-
cée dans l'oreiller ; elle toucha son front et ses petites
mains ouvertes sur le drap, puis s'assit auprès de lui, à
sa place accoutumée. La nuit, elle restait ainsi des

heures entières, éveillée à demi, tricotant, engourdie par la chaleur du poêle, songeant au temps passé et à ce jour où Cyrille et Youri se marieraient, où de petits enfants nouveaux dormiraient là. André partirait bientôt. A six ans, les garçons descendaient vivre à l'étage au-dessous, avec les précepteurs et les gouvernantes. Mais jamais la vieille chambre n'était demeurée longtemps vide. Cyrille ?... ou Youri ?... ou Loulou, peut-être ?... Elle regarda la bougie qui se consumait en grésillant avec un bruit fort et monotone dans le silence, agita doucement la main, comme si elle mettait en branle un berceau. « J'en verrai quelques-uns encore, si Dieu le veut », murmura-t-elle.

A la porte quelqu'un frappa. Elle se leva, à voix basse dit :

« C'est vous, Nicolas Alexandrovitch ?...

— Oui, Nianiouchka...

— Allez doucement, ne réveillez pas le petit... »

Il entra ; elle prit une chaise, la posa avec précaution près du poêle.

« Vous êtes fatigué ? Voulez-vous un peu de thé ? J'aurais vite fait de chauffer l'eau. »

Il l'arrêta.

« Non. Laisse. Je n'ai besoin de rien. »

Elle ramassa l'ouvrage tombé à terre, se rassit, agita rapidement les aiguilles brillantes.

« Il y avait longtemps que vous n'étiez venu nous voir. »

Il ne répondit pas, avança les mains vers le poêle ronflant.

« Vous avez froid, Nicolas Alexandrovitch ? »

Il ramena ses bras contre sa poitrine avec un frisson léger ; elle s'exclama comme autrefois :

« Vous avez encore pris du mal ?

— Mais non, ma vieille. »

Elle secoua la tête d'un air mécontent et se tut. Nicolas Alexandrovitch regarda le lit d'André.

« Il dort ?

— Oui. Vous voulez le voir ? »

Elle se leva et prit la lumière, s'approcha de Nicolas
Alexandrovitch. Il ne bougeait pas... Elle se pencha, lui
mit rapidement la main sur l'épaule.

« Nicolas Alexandrovitch... Kolinka...

— Laisse-moi », murmura-t-il.

Elle se détourna silencieusement.

Il valait mieux ne rien dire. Et devant qui pouvait-il
laisser couler ses larmes librement, sinon devant elle ?...
Hélène Vassilievna elle-même... Mais il valait mieux ne
rien dire... Elle recula doucement dans l'ombre, dit à
mi-voix :

« Attendez-moi, je vais préparer un peu de thé, ça
nous réchauffera tous les deux... »

Quand elle revint il paraissait calmé ; il tournait machinalement la poignée du poêle, d'où le plâtre coulait
avec un bruit léger de sable.

« Regarde, Tatiana, combien de fois t'ai-je dit de
faire coller ces trous... Regarde, regarde, fit-il en
montrant une blatte qui courait sur le plancher : elles
sortent de là. Est-ce que tu crois que c'est sain pour une
chambre d'enfants ?

— Vous savez bien que c'est signe de prospérité dans
une maison, dit Tatiana Ivanovna en haussant les
épaules : Dieu merci, il y en a toujours eu ici, et vous y
avez été élevé et d'autres avant vous. » Elle lui mit dans
les mains le verre de thé qu'elle avait apporté, remua la
cuiller.

« Buvez pendant que c'est chaud. Y a-t-il assez de
sucre ? »

Il ne répondit pas, avala une gorgée d'un air las et absent, et, brusquement, se leva.

« Allons, bonsoir, fais réparer le poêle, tu entends ?

— Si vous voulez.

— Eclaire-moi. »

Elle prit la bougie, alla avec lui jusqu'à la porte ; elle descendit la première les trois marches du seuil, dont les briques roses, descellées, branlaient et penchaient d'un côté, comme entraînées par un poids vers la terre.

« Faites attention... Vous allez dormir, à présent ?

— Dormir... Je suis triste, Tatiana, mon âme est triste...

— Dieu les protégera, Nicolas Alexandrovitch. On meurt dans son lit, et Dieu protège le chrétien au milieu des balles...

— Je sais, je sais...

— Il faut avoir confiance en Dieu.

— Je sais, répéta-t-il. Mais ce n'est pas seulement cela...

— Et quoi donc, Barine ?

— Tout va mal, Tatiana, tu ne peux pas comprendre. »

Elle hocha la tête.

« Hier, mon petit-neveu, le fils de ma nièce de Soukharevo, a été pris, lui aussi, pour cette guerre maudite. Il n'y a pas d'autre homme que lui dans la famille, puisque l'aîné a été tué à la Pentecôte dernière. Il reste une femme et une petite fillette de l'âge de notre André... et comment cultiver le champ ?... Tout le monde a sa part de misère.

— Oui, c'est un triste temps... Et Dieu veuille... »

Il s'interrompit, dit brusquement :

« Allons, bonsoir, Tatiana.

— Bonsoir, Nicolas Alexandrovitch. »

Elle attendit qu'il eût traversé le salon et demeura immobile, écoutant crier le parquet sous ses pas. Elle ouvrit le petit vasistas découpé dans la vitre. Un vent glacé souffla avec violence, soulevant son châle, les mèches défaites de ses cheveux. La vieille femme sourit, ferma les yeux. Elle était née dans une campagne lointaine des Karine, au nord de la Russie, et il n'y avait jamais assez de glace, assez de vent pour elle. « Chez nous, nous cassions la glace avec nos pieds nus, au printemps, et je le ferais bien encore », disait-elle.

Elle ferma le carreau ; on n'entendit plus le siffle-ment du vent. Seuls demeuraient le faible bruit du plâtre coulant dans les vieux murs, avec son chuchotement de sablier, et le craquement sourd et profond des boiseries anciennes rongées par les rats...

Tatiana Ivanovna revint dans sa chambre, pria long-temps et se dévêtit. Il était tard. Elle souffla la bougie, soupira, dit plusieurs fois à voix haute, dans le silence : « Mon Dieu, mon Dieu... » et s'endormit.

Chapitre III

Quand Tatiana Ivanovna eut fermé les portes de la maison vide, elle monta au petit belvédère installé sur le toit. C'était une silencieuse nuit de mai, déjà chaude et douce. Soukharevo brûlait ; on voyait distinctement les flammes étinceler, et on entendait des cris lointains portés par le vent.

Les Karine s'étaient enfuis en janvier 1918, cinq mois auparavant, et depuis, tous les jours, Tatiana Ivanovna avait vu des villages flamber à l'horizon, éteints, puis rallumés, à mesure qu'ils passaient des Rouges aux Blancs et revenaient aux Rouges. Mais jamais l'incendie n'avait été si proche que ce soir ; le reflet des flammes éclairait si nettement le parc abandonné qu'on voyait jusqu'aux buissons de lilas de la grande allée, épanouis la veille. Les oiseaux, trompés par la lumière, volaient comme en plein jour... Les chiens criaient. Puis le vent tourna, emportant le bruit du feu et son odeur. Le vieux parc abandonné redevint calme et sombre, et le parfum des lilas emplit l'air.

Tatiana Ivanovna attendit quelque temps, puis soupira, descendit. En bas les tapis étaient enlevés et les tentures. Les fenêtres étaient clouées de planches et protégées par des barres de fer. L'argenterie était rangée au fond des malles, dans les caves ; elle avait fait enterrer la porcelaine précieuse dans la partie ancienne, abandonnée du verger. Certains des paysans l'avaient aidée : ils s'imaginaient que toutes ces richesses, plus tard, leur reviendraient... Les hommes, à présent, ne se souciaient du bien du prochain que pour s'en emparer... Ainsi, ils ne diraient rien aux commissaires de Moscou, et plus tard, on verrait... Sans eux, d'ailleurs, elle n'aurait rien pu faire... Elle était seule, les domestiques partis depuis longtemps. Le cuisinier Antipe, le dernier, était demeuré avec elle jusqu'au mois de mars, où il était mort. Il avait la clef de la cave, et il ne demandait pas autre chose. « Tu as tort de ne point prendre de vin, Tatiana, disait-il, ça console de toutes les misères. Regarde, nous sommes seuls, abandonnés comme des chiens, et je crache sur tout, tout m'est égal tant que j'ai du vin... » Mais elle n'avait jamais aimé boire. Un soir, c'était pendant les dernières tempêtes de mars, ils étaient assis tous les deux dans la cuisine, il avait commencé à divaguer, à se souvenir du temps où il était soldat. « Ils ne sont pas si bêtes, les jeunes, avec leur révolution... Chacun son tour... Ils ont assez bu de notre sang, les sales cochons, les Barines maudits... » Elle ne répondait rien. A quoi bon ? Il avait menacé de brûler la maison, de vendre les bijoux et les icônes cachées... Il avait déliré quelque temps ainsi, et, tout à coup, il avait poussé une sorte de cri plaintif, appelé : « Alexandre Kirilovitch, pourquoi nous as-tu laissés, Barine ? » Un flot de vomissements, du sang noir et de l'alcool lui étaient sortis des lèvres ; il avait agonisé jusqu'au matin, et il était mort.

Tatiana Ivanovna attacha les chaînes de fer aux portes du salon, et sortit sur la terrasse par la petite entrée dérobée de la galerie. Les statues étaient encore enganguées dans leurs caisses de planches ; on les avait enfermées, en septembre 1916, et oubliées là. Elle regarda la maison ; la délicate couleur jaune de la pierre était noircie par la fonte des neiges ; sous les feuilles d'acanthes, le stuc s'écaillait, montrant des marques blanchâtres comme des traces de balles. Des vitres de l'orangerie avaient été brisées par le vent. « Si Nicolas Alexandrovitch voyait cela... »

Elle fit quelques pas dans l'allée et s'arrêta en portant les mains à son cœur. Une forme d'homme était debout devant elle. Un instant elle regarda, sans la reconnaître, cette figure pâle, harassée, sous la casquette de soldat, puis dit d'une voix tremblante :

« C'est toi ? C'est toi, Yourotchka...

— Mais oui, fit-il avec une expression étrange, hésitante et froide, est-ce que tu veux me cacher cette nuit ?

— Sois tranquille », dit-elle comme autrefois. Ils entrèrent dans la maison, dans la cuisine déserte ; elle alluma une chandelle, éclaira le visage de Youri.

« Comme tu as changé, Seigneur !... Es-tu malade ?

— J'ai eu le typhus, dit-il d'une voix lente, enrouée et rauque, et j'ai été malade comme un chien, et tout près d'ici, à Temnaïa... Mais je craignais de te le faire savoir. Je suis sous une menace d'arrestation et passible de la peine de mort, acheva-t-il avec la même inflexion monotone et froide. Je voudrais boire... »

Elle mit devant lui de l'eau et s'agenouilla pour dénouer les chiffons sales et sanglants qui enveloppaient ses pieds nus.

« J'ai marché longtemps », dit-il.

Elle leva la tête, demanda :

« Pourquoi es-tu venu ? Les paysans sont insensés, ici.

— Ah, c'est partout la même chose. Quand je suis sorti de prison, les parents étaient partis pour Odessa. Où aller ? Les gens vont et viennent, les uns vers le nord, les autres vers le sud... »

Il haussa les épaules, dit avec indifférence :

« C'est la même chose partout...

— Tu as été en prison ? murmura-t-elle en joignant les mains.

— Six mois.

— Pourquoi ?

— Le diable seul le sait... »

Il se tut, demeura immobile, acheva avec effort :

« Je suis sorti de Moscou... Un jour, je suis monté dans un train-ambulance, et les infirmiers m'ont caché... J'avais encore de l'argent... J'ai voyagé avec eux dix jours... puis j'ai marché... Mais j'avais pris le typhus. Je suis tombé dans un champ, près de Temnaïa. Des gens m'ont ramassé. Je suis resté chez eux quelque temps puis comme les Rouges approchaient, ils ont eu peur et je suis parti.

— Où est Cyrille ?

— Il a été emprisonné avec moi. Mais il a pu se sauver, il a rejoint les parents à Odessa, on m'a fait passer une lettre quand j'étais encore en prison... Lorsque je suis sorti, il y avait trois semaines qu'ils étaient partis. Je n'ai jamais eu de chance, ma vieille Nianiouchka, dit-il en souriant de son air moqueur et résigné. Même en prison, Cyrille était dans la cellule d'une belle jeune femme, une actrice française, et moi avec un vieux juif. »

Il rit, et s'arrêta, comme étonné lui-même de l'accent

sourd et brisé de sa voix. Il mit sa joue sur sa main, soupira :

« Je suis si heureux d'être à la maison, Nianiouchka », et, brusquement, il s'endormit.

Il dormit quelques heures, sans qu'elle bougeât, assise en face de lui, le regardant ; les larmes coulaient silencieusement sur sa vieille figure pâle. Un peu plus tard, elle le réveilla, le fit monter dans la chambre d'enfants, le coucha. Il avait un délire léger. Il parlait à voix haute, touchait tour à tour la place entre les barreaux du lit d'André, où l'icône avait été suspendue, et le calendrier sur le mur, encore orné d'un portrait en couleurs du tzar, comme au temps de son enfance. Il montrait du doigt le feuillet qui portait la date du 18 mai 1918, répétait : « Je ne comprends pas, je ne comprends pas... »

Puis il regarda en souriant le store qui se balançait doucement, le parc, les arbres éclairés par la lune, et cette place, auprès de la fenêtre, où le vieux parquet formait une légère dépression ; la faible lumière de la lune l'emplissait et remuait, oscillait comme une flaque de lait. Combien de fois, quand son frère dormait, il s'était levé, était resté là assis par terre, écoutant l'accordéon du cocher, les rires étouffés des servantes... Les lilas sentaient fort, comme cette nuit... Il tendait l'oreille, épiait involontairement le bruit gémissant de l'accordéon dans le silence. Mais seul un grondement bas et doux traversait l'air, par instants. Il se redressa, toucha l'épaule de Tatiana Ivanovna, assise auprès de lui, dans l'ombre.

« Qu'est-ce que c'est ?

— Je ne sais pas. On l'entend depuis hier. C'est le tonnerre, peut-être le tonnerre de mai.

— Ça ? » dit-il. Il rit brusquement, la fixant de ses

yeux dilatés que la fièvre pâlissait et brûlait d'une sorte
de dure lumière : « C'est le canon, ma vieille !... Je me
disais bien. C'était trop beau... »

Il prononça des paroles confuses, mêlées de rires,
puis dit distinctement :

« Mourir tranquille dans ce lit, je suis las... »

Au matin la fièvre était tombée ; il voulut se lever,
sortir dans le parc, respirer l'air du printemps, tiède et
pur, comme autrefois... Cela seul n'avait pas changé... Le
parc abandonné, plein d'herbes sauvages, avait un aspect
misérable et triste. Il entra dans le petit pavillon, se
coucha par terre, joua machinalement avec les éclats des
vitres peintes, regardant la maison à travers les morceaux. Une nuit, en prison, alors qu'il attendait de jour en
jour son exécution, il avait revu, en rêve, la maison, telle
qu'elle lui apparaissait aujourd'hui, des fenêtres du petit
pavillon, mais ouverte, les terrasses pleines de fleurs. Il
avait perçu dans son sommeil jusqu'au piétinement des
ramiers sur le toit. Il s'était réveillé en sursaut et avait
pensé : « Demain c'est la mort, c'est certain. Avant de
mourir, seulement, on peut se souvenir ainsi... »

La mort. Il ne la craignait pas. Mais s'en aller dans ce
tumulte de révolution, oublié de tous, abandonné...
Stupide, tout cela... Enfin, il n'était pas mort encore... qui
sait ? Il échapperait peut-être. Cette maison... Il avait bien
cru ne jamais la revoir, et elle était là, et ces morceaux de
vitres peintes que le vent brisait toujours et avec lesquels
il avait joué, enfant, et imaginé des coteaux d'Italie...
sans doute à cause de leur couleur violacée de sang et de
vin noir... Tatiana Ivanovna entrait et disait : « Ta mère
t'appelle, mon cœur... »

Tatiana Ivanovna entra tenant à la main une assiette
avec des pommes de terre et du pain.

« Comment t'arranges-tu pour manger ? demanda-t-il.

— A mon âge, on n'a pas besoin de grand'chose. J'ai toujours eu des pommes de terre, et, dans le village, parfois, on a du pain... Je n'ai jamais manqué de rien. »

Elle s'agenouilla à côté de lui, lui donnant à manger et à boire comme s'il eût été trop faible pour porter les aliments à ses lèvres.

« Youri... si tu partais maintenant ? »

Il fronça les sourcils, la regarda sans répondre. Elle lui dit :

« Tu pourrais marcher jusqu'à la maison de mon neveu, il ne te ferait point de mal : si tu as de l'argent il t'aiderait à trouver des chevaux et tu pourrais aller à Odessa. Est-ce loin ?

— Trois, quatre jours en chemin de fer, en temps ordinaire... Maintenant... Dieu sait...

— Que faire ? Dieu t'aiderait. Tu pourrais rejoindre les parents et leur donner ceci. Je n'ai jamais voulu le confier à personne, dit-elle en montrant l'ourlet de sa robe, ce sont les diamants du grand collier de ta mère. Avant de partir elle m'avait dit de les cacher. Ils n'ont rien pu emporter avec eux, ils sont partis la nuit où les Rouges ont pris Temnaïa, et ils craignaient d'être arrêtés... Comment vivent-ils à présent ?

— Mal, sans doute, dit-il en haussant les épaules avec lassitude : eh bien, nous verrons demain. Mais, quoi, tu te fais des illusions, c'est pareil partout, et ici, du moins, les paysans me connaissent, je ne leur ai jamais fait de mal...

— Qui peut savoir ce qu'ils ont dans l'âme, les chiens ? grommela-t-elle.

— Demain, demain, répéta-t-il en fermant les yeux, nous verrons, demain. Il fait si bon ici, mon Dieu... »

La journée passa ainsi. Vers le soir, il rentra. C'était un beau crépuscule limpide et tranquille comme celui de la veille. Il fit un détour, longea la pièce d'eau ; à l'automne les buissons qui la bordaient s'étaient effeuillés, et elle était recouverte encore d'une couche épaisse de feuilles mortes, demeurées sous la glace. Les fleurs de lilas tombaient en pluie légère ; on apercevait à peine l'eau noire, par endroits, qui luisait faiblement.

Il revint à la maison, remonta dans la chambre d'enfants. Tatiana Ivanovna avait mis le couvert devant la fenêtre ouverte ; il reconnut une des petites nappes de fine toile réservées spécialement aux enfants, quand ils mangeaient dans leur chambre, pendant leurs courtes maladies, et la fourchette, le couteau de vermeil ancien, la vieille petite timbale ternie.

« Mange, bois, mon cœur. J'ai pris pour toi une bouteille de vin à la cave, et tu aimais autrefois les pommes de terre cuites sous la cendre.

— Le goût m'en a passé depuis, dit-il en riant, merci quand même ma vieille. »

La nuit tombait. Il fit allumer une bougie, la mit sur un coin de la table. La flamme brûlait, droite et transparente dans la nuit tranquille. Quel silence... Il demanda :

« Nianiouchka ? Pourquoi n'as-tu pas suivi les parents ?

— Il fallait bien que quelqu'un reste pour garder la maison.

— Crois-tu ? fit-il avec une sorte d'ironie mélancolique, et pour qui mon Dieu ? »

Ils se turent. Il demanda encore :

« Tu ne voudrais pas aller les rejoindre ?

— J'irai s'ils me font appeler. Je trouverais mon chemin ; je n'ai jamais été empruntée, ni sotte, Dieu merci... Mais que deviendrait la maison ?... »

Elle s'interrompit brusquement, dit à voix basse :

« Ecoute !... »

Quelqu'un frappait, en bas. Ils se levèrent tous deux précipitamment.

« Cache-toi, cache-toi pour l'amour de Dieu, Youri !... »

Youri s'approcha de la fenêtre, regarda avec précaution au-dehors. La lune s'était levée. Il reconnut le garçon, debout au milieu de l'allée ; il s'était reculé de quelques pas et appelait :

« Youri Nicolaévitch ! C'est moi, Ignat !... »

C'était un jeune cocher qui avait été élevé dans la maison des Karine. Youri avait joué avec lui dans son enfance... C'était lui qui chantait, en s'accompagnant de l'accordéon, les nuits d'été, dans le parc... « Si celui-là me veut du mal, songea brusquement Youri, que tout aille au diable, et moi avec !... » Il se pencha à la fenêtre, cria :

« Monte, vieux...

— Je ne peux pas, la porte est barricadée.

— Descends ouvrir, Niania, il est seul. »

Elle chuchota :

« Qu'as-tu fait, malheureux ? »

Il fit un geste las de la main.

« Il arrivera ce qui doit arriver... D'ailleurs, il m'avait vu... Allons, va lui ouvrir, ma vieille... »

Elle demeurait debout, sans bouger, tremblante et silencieuse. Il marcha vers la porte. Elle l'arrêta, le sang brusquement revenu à ses joues.

« Que fais-tu ? Ce n'est pas à toi de descendre ouvrir au cocher. Attends-moi. »

Il haussa doucement les épaules et se rassit. Quand elle revint, suivie d'Ignat, il se leva, alla au-devant d'eux.

« Bonjour, je suis content de te voir.

— Moi aussi, Youri Nicolaévitch », dit le garçon en souriant. Il avait une bonne grosse figure rose et pleine.

« Tu as mangé à ta faim, toi ?

— Dieu m'a aidé, Barine.

— Tu joues encore de l'accordéon, comme autrefois ?

— Ça arrive...

— Je t'entendrai encore... Je reste ici quelque temps... »

Ignat ne répondit pas ; il souriait toujours, montrant ses larges dents brillantes.

« Veux-tu boire ? Donne un verre, Tatiana. »

La vieille femme obéit avec humeur. Le garçon but.

« A votre bonne santé, Youri Nicolaévitch. »

Ils se turent. Tatiana Ivanovna s'avança :

« C'est bon. Va-t'en maintenant. Le jeune Barine est fatigué.

— Il vous faudrait tout de même venir avec moi au village, Youri Nicolaévitch...

— Ah ! pourquoi ? murmura Youri avec un involontaire fléchissement de la voix, pourquoi, mon vieux ?

— Il faut. »

Tatiana Ivanovna parut bondir brusquement en avant, et sur le pâle visage paisible, Youri, tout à coup, vit passer une expression si sauvage, si étrange, qu'il frémit, dit avec une sorte de désespoir :

« Laisse. Tais-toi, je t'en supplie. Laisse, ça ne fait rien... »

Elle criait sans l'écouter, ses maigres mains tendues comme des griffes :

« Ah, diable maudit, fils de chien ! Tu crois que je ne vois pas tes pensées dans tes yeux ? Et qui es-tu pour donner des ordres à ton maître ? »

Il tourna vers elle une figure changée, aux yeux étincelants, puis parut se calmer, dit avec indifférence :

« Tais-toi, grand'mère... Il y a des gens dans le village qui veulent voir Youri Nicolaévitch, et voilà tout...

« — Est-ce que tu sais ce qu'ils me veulent, au moins », demanda Youri. Il se sentait las, tout d'un coup, avec un seul sincère et profond souhait dans son cœur : se coucher et dormir longtemps.

« Vous parler pour le partage du vin. Nous avons reçu des ordres de Moscou.

— Ah ! c'est donc ça ? Mon vin t'a plu, je vois. Mais vous auriez pu attendre à demain, tu sais. »

Il marcha vers la porte, et Ignat derrière lui. Sur le seuil il s'arrêta. Une seconde Ignat parut hésiter, et, tout à coup, du même mouvement dont il saisissait le fouet autrefois, il porta la main à la ceinture, sortit le mauser, tira deux coups. L'un atteignit Youri entre les épaules ; il poussa une sorte de cri étonné, gémit. Une seconde balle pénétra dans la nuque, le tuant net.

Chapitre IV

Un mois après la mort de Youri, un cousin des Karine, un vieil homme à demi mort de faim et de fatigue, qui allait d'Odessa à Moscou à la recherche de sa femme, disparue pendant le bombardement d'avril, s'arrêta, une nuit, chez Tatiana Ivanovna. Il lui donna des nouvelles de Nicolas Alexandrovitch et des siens, et leur adresse. Ils étaient en bonne santé, mais vivaient misérablement. « Si tu pouvais trouver un homme sûr... », il hésita, « pour leur porter ce qu'ils avaient laissé... ? »

La vieille femme partit pour Odessa, emportant les bijoux, dans l'ourlet de sa jupe. Trois mois, elle marcha le long des routes, comme au temps de sa jeunesse, quand elle allait au pèlerinage de Kiev, montant parfois dans les trains d'affamés, qui commençaient à descendre vers le Sud. Un soir de septembre, elle entra chez les Karine. Jamais ils ne devaient oublier l'instant où elle avait frappé à la porte, où ils l'avaient vue apparaître, avec son air hagard et tranquille, son paquet de hardes sur le dos, les diamants battant ses jambes lasses, ni sa pâle figure, d'où tout le sang semblait s'être retiré, ni sa voix quand elle leur avait annoncé la mort de Youri.

Ils habitaient une sombre chambre dans le quartier du port ; les sacs de pommes de terre étaient suspendus aux carreaux pour amortir le choc des balles. Hélène Vassilievna était couchée sur un vieux matelas jeté à terre, et Loulou et André jouaient aux cartes à la lumière d'un petit réchaud, où trois morceaux de charbon achevaient de se consumer. Il faisait froid déjà, et le vent passait par les fenêtres brisées. Cyrille dormait dans un coin, et Nicolas Alexandrovitch commençait là ce qui devait faire plus tard la principale occupation de sa vie entière, marcher d'un mur à un autre, les mains croisées derrière le dos, en songeant à ce qui ne reviendrait plus.

« Pourquoi l'ont-ils tué ? demanda Loulou, pourquoi, Seigneur, pourquoi ? » Les larmes coulaient sur son visage changé, vieilli.

« Ils craignaient qu'il ne vienne reprendre les terres. Mais ils disaient qu'il avait toujours été un bon Barine, et qu'il fallait lui épargner la misère d'un jugement et d'une exécution, et qu'il valait mieux le tuer ainsi...

— Les lâches, les chiens, cria Cyrille brusquement ; lui tirer une balle dans le dos ! Paysans maudits !... On vous a peu fouettés de notre temps !... » Il montra le poing à la vieille femme avec une sorte de haine :

« Tu entends ? Tu entends ?

— J'entends, dit-elle, mais à quoi bon regretter qu'il soit mort ainsi ou autrement ? Dieu l'a reçu sans les sacrements, je l'ai bien vu à sa figure tranquille. Que Dieu nous accorde à tous une fin aussi calme... Il n'a rien vu, il n'a pas souffert.

— Ah ! tu ne comprends pas.

— Tout est mieux ainsi », répéta-t-elle.

Ce fut la dernière fois qu'elle prononça le nom de Youri à haute voix ; elle semblait avoir refermé ses vieilles lèvres sur lui, pour toujours. Quand les autres parlaient de lui, elle ne répondait pas, demeurait muette et froide, regardant le vide avec une sorte de désespoir glacé.

L'hiver fut extrêmement dur. Ils manquaient de pain, de vêtements. Seuls, les bijoux apportés par Tatiana Ivanovna leur procuraient parfois un peu d'argent. La ville brûlait ; la neige tombait doucement, recouvrant les poutres calcinées des maisons détruites, les cadavres des hommes et ceux des chevaux dépecés. A d'autres moments, la ville changeait ; des provisions de viandes, de fruits, de caviar arrivaient... Dieu seul savait comment... La canonnade cessait, et la vie reprenait, précaire et enivrante. Enivrante... cela, seuls, Cyrille et Loulou le sentaient... Plus tard, la mémoire de certaines nuits, de promenades en barque, avec d'autres jeunes gens, le goût des baisers, du vent qui soufflait au petit jour sur les vagues démontées de la mer Noire, ne devaient jamais s'effacer en eux.

Le long hiver passa, encore un été et l'hiver suivant, où la famine devint telle que les petits enfants morts étaient portés en terre, en tas, dans de vieux sacs. Les Karine vécurent. Au mois de mai, avec le dernier bateau français qui quittait Odessa, ils purent s'embarquer, gagner Constantinople, puis Marseille.

Ils descendirent dans le port de Marseille le 28 mai 1920. A Constantinople, ils avaient vendu les bijoux qui leur restaient et ils possédaient quelque argent, cousu dans leurs ceintures par une vieille habitude... Ils étaient vêtus de haillons, ils avaient des figures étranges et effrayantes, misérables, dures. Les enfants, malgré tout, paraissaient gais ; ils riaient avec une espèce de sombre légèreté qui faisait sentir davantage aux vieux leur propre fatigue.

L'air limpide de mai était chargé d'une odeur de fleurs et de poivre ; la foule allait lentement, s'arrêtant aux vitrines, riant et parlant à voix haute ; les lumières, la musique dans les cafés, tout cela paraissait bizarre comme un rêve.

Tandis que Nicolas Alexandrovitch retenait les chambres à l'hôtel, les enfants et Tatiana Ivanovna demeurèrent un instant dehors. Loulou, son visage pâle tendu en avant, fermait les yeux, aspirait l'air parfumé du soir. Les grands globes électriques éclairaient la rue d'une lumière diffuse et bleue ; de fins arbres en bouquets agitaient leurs branches. Des matelots passèrent, regardèrent en riant la jolie fille immobile. L'un d'eux lui jeta doucement un brin de mimosa. Loulou se mit à rire. « Le beau, le charmant pays, dit-elle, quel rêve, Nianiouchka, regarde... »

Mais la vieille femme était assise sur un banc et paraissait somnoler, son mouchoir tiré sur sa tête blanche et les mains croisées sur ses genoux. Loulou vit que ses yeux étaient demeurés ouverts, et regardaient fixement devant elle. Elle lui toucha l'épaule, appela :

« Nianiouchka ? qu'est-ce que tu as ? »

Tatiana Ivanovna tressaillit brusquement, se leva. Au même instant Nicolas Alexandrovitch leur fit signe.

Ils entrèrent, traversèrent lentement le hall, sentant dans leurs dos les regards curieux. Les tapis épais dont ils avaient perdu l'habitude, semblaient coller à leurs semelles comme de la glu. Au restaurant l'orchestre jouait. Ils s'arrêtèrent, écoutèrent cette musique de jazz qu'ils entendaient pour la première fois, ils ressentaient une sorte de vague épouvante, de ravissement insensé. C'était un autre monde...

Ils entrèrent dans leurs chambres, demeurèrent long-temps aux fenêtres, regardant les autos passer dans la rue. Les enfants répétaient :

« Sortons, sortons, allons dans un café, dans un théâ-tre... »

Ils se baignèrent, brossèrent leurs habits, se précipitè-rent vers la porte. Nicolas Alexandrovitch et sa femme les suivaient plus lentement, plus péniblement, mais dévorés, eux aussi, d'une soif de liberté et d'air.

Sur le seuil Nicolas Alexandrovitch se retourna. Loulou avait éteint l'électricité. Ils avaient oublié Tatiana Ivanovna assise devant la fenêtre. La lumière d'un bec de gaz placé devant le petit balcon éclairait sa tête baissée. Elle était immobile et semblait attendre. Nicolas Alexandrovitch demanda : « Tu viens avec nous, Nianiouchka ? »

Elle ne répondit rien.

« Tu n'as pas faim ? »

Elle secoua la tête, puis, tout à coup, se leva, tressant nerveusement les franges de son châle.

« Dois-je défaire les valises des enfants ? Quand re-partons-nous ?

— Mais nous sommes arrivés, dit Nicolas Alexan-drovitch. Pourquoi veux-tu repartir ?

— Je ne sais pas, murmura-t-elle avec une expression absente et lasse, je pensais... »

Elle soupira, écarta les bras, dit à voix basse :

« C'est bien.

— Veux-tu venir avec nous ?

— Non, merci, Hélène Vassilievna, prononça-t-elle avec effort ; non, vraiment... »

On entendait courir les enfants dans le couloir. Les

vieilles gens se regardèrent silencieusement en soupirant, puis Hélène Vassilievna fit un geste las de la main,
sortit, et derrière elle, Nicolas Alexandrovitch s'en alla,
refermant doucement la porte.

Chapitre V

Les Karine arrivèrent à Paris au commencement de l'été, et louèrent un petit appartement meublé rue de l'Arc-de-Triomphe. En ce temps-là, Paris était envahi par le premier flot d'émigrés russes, qui tous s'entassaient dans Passy et aux environs de l'Etoile, tendant instinctivement vers le Bois proche. La chaleur, cette année-là, était suffocante.

L'appartement était petit, sombre, étouffant; il sentait une odeur de poussière, de vieilles étoffes; les plafonds bas semblaient peser sur les têtes; des fenêtres on apercevait la cour, étroite et profonde, aux murs blanchis à la chaux, qui réverbéraient cruellement le soleil de juillet. Dès le matin on fermait les volets et les croisées, et dans ces quatre petites chambres obscures, les Karine vivaient jusqu'au soir, sans sortir, étonnés par les bruits de Paris, respirant avec malaise les relents des éviers, des cuisines qui montaient de la cour. Ils allaient, venaient, d'un mur à un autre, silencieusement, comme les mouches d'automne, quand la chaleur, la lumière et l'été ont passé, volent péniblement, lasses et irritées, aux vitres, traînant leurs ailes mortes.

Tatiana Ivanovna, assise tout le jour, dans une petite lingerie, au fond de l'appartement, raccommodait les effets. La bonne à tout faire, une fille normande, rouge et fraîche, lourde comme un percheron, entr'ouvrait parfois la porte, criait : « Vous ne vous ennuyez pas ? » s'imaginant être mieux comprise de l'étrangère en articulant fortement les paroles, comme lorsqu'on s'adresse aux sourds, et sa voix retentissante faisait trembler l'abat-jour de porcelaine de la lampe.

Tatiana Ivanovna secouait vaguement la tête, et la bonne recommençait à remuer ses casseroles.

André avait été envoyé en pension au bord de la mer, en Bretagne. Un peu plus tard, Cyrille partit. Il avait retrouvé sa compagne de cellule, l'actrice française, enfermée avec lui en prison, à Saint-Pétersbourg, en 1918. Elle était à présent richement entretenue. C'était une jolie fille généreuse, une blonde au beau corps lourd, folle de Cyrille... Cela simplifiait l'existence. Mais en rentrant chez lui, parfois, à l'aube, il lui arrivait de regarder la cour sous ses fenêtres, avec le désir d'être étendu sur ces pavés roses et d'en avoir fini, une fois pour toutes, avec l'amour, l'argent et leurs complications.

Puis, cela passait. Il achetait de beaux vêtements. Il buvait. A la fin de juin, il partit pour Deauville, avec sa maîtresse.

A Paris, quand la chaleur tombait, vers le soir, les Karine sortaient, allaient au Bois, au Pavillon Dauphine. Les parents restaient là, écoutant tristement le bruit des orchestres, se souvenant des Iles et des jardins de Moscou, tandis que Loulou, et d'autres jeunes filles, des jeunes gens, marchaient le long des allées obscures, récitant des vers, jouant le jeu amoureux.

Loulou avait vingt ans. Elle était moins belle qu'autrefois, maigre avec des mouvements brusques, comme ceux d'un garçon, une peau sombre, rude, brûlée par le vent de la longue traversée, une expression étrange, lasse et cruelle. Elle avait aimé sa vie ballottée, menacée, excitante. A présent, elle préférait à tout ces promenades au crépuscule de Paris, et les longues, silencieuses soirées dans les bistros, les petits zincs populeux, avec leur odeur de craie, d'alcool et le bruit des billards dans la pièce du fond... Vers minuit, ils rentraient chez l'un ou chez l'autre, et ils recommençaient à boire, à se caresser dans l'ombre. Les parents dormaient; ils entendaient vaguement le gramophone jouer jusqu'au jour. Ils ne voyaient rien, ou ne voulaient rien voir.

Une nuit, Tatiana Ivanovna sortit de sa chambre pour retirer du linge qui séchait dans le cabinet de toilette; la veille, elle l'avait oublié sur le chauffe-bains, et il fallait raccommoder une paire de bas pour Loulou. Elle travaillait souvent la nuit. Elle avait besoin de peu de sommeil, et, dès quatre, cinq heures, elle était debout, rôdant silencieusement dans les chambres; elle n'entrait jamais au salon.

Cette nuit-là, elle avait entendu des pas et des voix dans le vestibule; les enfants, depuis longtemps, étaient partis, sans doute... Elle vit de la lumière sous la porte du salon. « Ils ont oublié d'éteindre l'électricité, de nouveau », songea-t-elle. Elle ouvrit, et, alors seulement, elle entendit le gramophone, qui jouait, entouré d'un rempart de coussins; la musique basse, haletante, semblait passer à travers une épaisseur d'eau. La chambre était à demi obscure. Seule une lampe, voilée d'un chiffon rouge, éclairait le divan, où Loulou, étendue, paraissait dormir, la robe défaite sur la poitrine, serrant dans ses bras un garçon, à la pâle figure délicate, renversée en arrière. La vieille femme s'avança. Ils dormaient réellement, leurs lèvres encore jointes, leurs visages collés l'un à l'autre. Une odeur d'alcool et une fumée épaisse emplissaient la chambre ; des verres, des bouteilles vides, des disques des cendriers pleins, des coussins qui gardaient encore la forme des corps traînaient à terre.

Loulou se réveilla, regarda fixement Tatiana Ivanovna, sourit ; ses yeux dilatés, noircis par le vin et la fièvre, avaient une expression d'indifférence railleuse et d'extrême fatigue. Elle murmura doucement :

« Qu'est-ce que tu veux ? »

Ses longs cheveux dénoués pendaient sur le tapis ; elle fit un mouvement pour relever la tête, gémit ; la main du garçon était crispée dans les mèches défaites. Elle les arracha brusquement, s'assit.

« Qu'est-ce qu'il y a ? » répéta-t-elle avec impatience.

Tatiana Ivanovna regardait le garçon. Elle le connaissait bien ; elle l'avait souvent vu chez les Karine, enfant ; il s'appelait le prince Georges Andronikof, elle se souvenait de ses longues boucles blondes, de ses cols de dentelle. « Jette-moi ça dehors, tout de suite, tu entends ? » dit-elle tout à coup, serrant les dents, sa vieille figure tremblante et blême.

Loulou haussa les épaules.

« Ça va, tais-toi... il part tout de suite...

— Lulitchka, murmura la vieille femme.

— Oui, oui, tais-toi, pour l'amour de Dieu... »

Elle arrêta le gramophone, alluma une cigarette, la jeta presque aussitôt, commanda brièvement :

« Aide-moi. »

Silencieusement, elles mirent de l'ordre dans la pièce, ramassèrent les bouts de cigarettes, les verres vides ; Loulou ouvrit les volets, aspira avidement la bouffée de fraîcheur qui montait des caves.

« Quelle chaleur, hein ? »

La vieille femme ne répondait rien, détournait les yeux avec une sorte de pudeur sauvage.

Loulou s'assit sur le rebord de la fenêtre, se mit à se balancer doucement en chantonnant. Elle semblait dégrisée, malade ; ses joues pâles apparaissaient par plaques livides, sous la poudre que les baisers avaient effacée ; les larges yeux cernés regardaient droit devant eux, profonds et vides.

« Qu'est-ce que tu as donc, Niania ? C'est toutes les nuits la même chose, dit-elle enfin, de sa voix calme, enrouée par le vin et la fumée. Et à Odessa, mon Dieu ?... Sur le bateau ?... Tu n'avais jamais rien remarqué ?

— Quelle honte, murmura la vieille femme avec une expression de dégoût et de souffrance. Quelle honte !... tes parents qui dorment à côté...

— Eh bien ? Ah ça, mais tu es folle, Niania ? Nous ne faisons rien de mal. On boit un peu, on s'embrasse, quel mal y a-t-il ? Tu crois que les parents ne faisaient pas la même chose quand ils étaient jeunes ?

— Non, ma fille.

— Ah, tu crois ça, toi ?

— Moi aussi, j'ai été jeune, Lulitchka. Il y a long-temps de cela, mais je me rappelle encore le jeune sang brûlant dans les veines. Crois-tu que cela s'oublie ? Et je me souviens de tes tantes, quand elles avaient vingt ans, comme toi. C'était à Karinovka, et le printemps... Ah, quel temps nous avions cette année-là... Tous les jours des promenades en forêt, et sur la pièce d'eau... Et le soir, des bals chez les voisins ou chez nous... Chacune avait son amoureux, et, bien des fois, ils partaient tous, au clair de la lune, en troïka... Ta grand'mère défunte disait : "De notre temps..." Mais quoi ? Elles savaient bien qu'il y avait des choses permises, et d'autres défendues... Le matin, parfois, elles venaient dans ma chambre me raconter ce que l'un avait dit, et l'autre... Un jour, ainsi, elles se sont fiancées, elles se sont mariées, et elles ont vécu, avec leur part de misères et leur part de bonheur, honnêtement, jusqu'au jour où Dieu les a reprises... Elles sont mortes jeunes, tu le sais, l'une en couches, et l'autre, cinq ans plus tard d'une mauvaise fièvre... Eh, oui, je me souviens... Nous avions les plus beaux chevaux de la région, et ils s'en allaient en cavalcade, parfois, ton papa qui était un jeune garçon alors, et ses amis, et tes tantes, avec d'autres jeunes filles, dans la forêt, avec les laquais qui portaient les torches devant eux...

— Oui, dit amèrement Loulou, en montrant le triste petit salon sombre et la vodka grossière, au fond du verre qu'elle tournait machinalement entre ses doigts ; évidemment, le décor a changé..

— Ce n'est pas seulement cela qui a changé », grommela la vieille femme. Elle regarda tristement Loulou.

« Ma fille, pardonne-moi... tu n'as pas besoin d'avoir honte, je t'ai vue naître... Tu n'as pas commis le péché, au moins ?... Tu es encore une jeune fille ?

— Mais oui, ma vieille », dit Loulou.

Elle se rappelait une nuit de bombardement, à Odessa, où elle était restée dans la maison du baron Rosenkranz, l'ancien gouverneur de la ville ; il était en prison, et son fils, seul, habitait là. La canonnade avait éclaté si brusquement qu'elle n'avait pas eu le temps de rentrer chez elle, et elle avait passé la nuit dans le palais désert, avec Serge Rosenkranz. Qu'est-ce qu'il était devenu, celui-là ? Mort, sans doute... Le typhus, la famine, une balle perdue, la prison... il n'y avait que l'embarras du choix, vraiment... Quelle nuit... Les docks brûlaient... Ils voyaient, du lit où ils se caressaient, les nappes de pétrole enflammé couler sur le port...

Elle se souvenait de cette maison, de l'autre côté de la rue, avec sa façade écroulée et les rideaux de tulle qui se balançaient dans le vide... Cette nuit-là... la mort était si proche...

Elle répéta machinalement :

« Oui, Nianiouchka... »

Mais Tatiana Ivanovna la connaissait bien : elle secoua la tête, pinçant silencieusement ses vieilles lèvres.

Georges Andronikof gémit, se retourna lourdement, puis se réveilla à demi.

« Je suis complètement saoul », dit-il doucement.

Il alla en chancelant jusqu'au fauteuil, mit son visage dans les coussins et demeura inerte.

« Il travaille toute la journée dans un garage, maintenant, et il meurt de faim. S'il n'y avait pas le vin... et le reste, à quoi bon vivre ?

— Tu offenses Dieu, Loulou. »

Brusquement la jeune fille cacha sa figure dans ses mains, éclata en sanglots désespérés.

« Nianiouchka... Je voudrais être chez nous !... Chez nous, chez nous ! répéta-t-elle en tordant ses doigts d'un geste nerveux et étrange que la vieille femme ne lui connaissait pas. Pourquoi sommes-nous châtiés ainsi ? Nous n'avons rien fait de mal !... »

Tatiana Ivanovna caressa doucement les cheveux défaits, pénétrés d'une odeur tenace de fumée et de vin.

« C'est la sainte volonté de Dieu.

— Ah, tu m'ennuies, tu ne sais dire que cela !... »

Elle s'essuya les yeux, haussa les épaules avec violence.

« Allons, laisse-moi !... Va-t'en... Je suis énervée et lasse. Ne dis rien aux parents... A quoi bon ? Tu leur ferais de la peine inutilement, et tu n'empêcherais rien, crois-moi... Rien. Tu es trop vieille, tu ne peux pas comprendre. »

Chapitre VI

Un dimanche du mois d'août, quand Cyrille revint, une messe fut commandée par les Karine, pour le repos de l'âme de Youri. Ils allèrent tous ensemble à pied jusqu'à la rue Daru. C'était une admirable journée ; le ciel bleu étincelait. Il y avait une foire en plein vent sur l'avenue des Ternes, une musique sauvage, de la poussière ; les passants regardaient curieusement Tatiana Ivanovna, son châle noir sur les cheveux et sa longue jupe.

Rue Daru, la messe était célébrée dans la crypte de l'église ; les cierges crépitaient doucement ; on entendait les gouttes de cire brûlante qui coulaient sur les dalles dans les intervalles des répons. « Pour le repos de l'âme du serviteur de Dieu, Youri... » Le prêtre, un vieil homme aux longues mains tremblantes, parlait bas, d'une voix douce et étouffée. Les Karine priaient silencieusement ; ils ne songeaient plus à Youri, il était tranquille, lui, mais eux avaient encore tant de chemin à faire, un sombre et long chemin. « Mon Dieu, protégez-

moi... Mon Dieu, pardonnez-moi... » disaient-ils. Seule,
Tatiana Ivanovna, agenouillée devant l'icône qui brillait
faiblement dans l'ombre, touchait, de son front incliné,
les dalles froides, et ne songeait qu'à Youri, ne priait
que pour lui, pour son salut et son repos éternel.

La messe finie, ils rentrèrent, achetèrent de jeunes
roses à une fille qui passait, échevelée et rieuse. Ils
commençaient à aimer cette ville et ce peuple. On
oubliait toutes les misères, dans les rues, dès que le
soleil se montrait, et on se sentait le cœur léger sans
savoir pourquoi...

La bonne, le dimanche, avait congé. Le repas froid
était servi sur la table. Ils mangèrent à peine, puis Loulou
mit ses roses devant une vieille photo de Youri, enfant.

« Quel regard étrange il avait, dit Loulou, je n'avais
jamais remarqué... ; une sorte d'indifférence, de fatigue,
regardez...

— J'ai toujours vu ce regard aux portraits des gens
qui devaient mourir jeunes ou d'une manière tragique,
murmura Cyrille avec malaise, comme s'ils savent tout
d'avance et s'en fichent... Pauvre Youri, c'était le
meilleur de nous tous... »

Ils contemplèrent silencieusement le petit portrait,
pâli.

« Il est tranquille, il est délivré à jamais. »

Loulou arrangea ses fleurs avec soin, alluma deux
bougies, les mit de chaque côté du cadre, et ils demeurèrent debout, immobiles, s'efforçant de penser à Youri,
mais ils n'éprouvaient plus qu'une sorte de tristesse
glacée, comme si de longues années avaient coulé
depuis sa mort. Deux ans seulement...

Hélène Vassilievna essuya doucement la poussière
qui recouvrait le verre, d'un geste machinal, comme des
larmes sur un visage. De tous ses enfants, Youri était

celui qu'elle avait le moins compris, le moins aimé...
« Il est avec Dieu, songeait-elle, il est plus heureux que
les autres... »

On entendait le bruit de la fête dans la rue.

« Il fait chaud ici », dit Loulou.

Hélène Vassilievna tourna la tête.

— Eh bien, sortez, mes enfants, que voulez-vous ?
Allez respirer l'air et regarder la fête ; quand j'avais
votre âge je préférais les foires de Moscou, aux Ra-
meaux, aux fêtes de la Cour.

— Moi aussi j'aime cela, dit Loulou.

— Eh bien, va », répéta la mère d'un ton las.

Loulou et Cyrille partirent. Nicolas Alexandrovitch,
debout devant la fenêtre, regardait les murs blancs, sans
les voir. Hélène Vassilievna soupira. Comme il avait
changé... Il n'était pas rasé... Il portait un vieux veston,
plein de taches... Comme il avait été beau et charmant,
autrefois... Et elle-même ? Elle se regarda à la dérobée,
dans une glace, vit sa figure pâle, la bouffissure maladive de la chair, et le vieux peignoir de flanelle défait...
Une vieille, vieille femme, mon Dieu !...

« Nianiouchka », dit-elle tout à coup.

Elle ne l'avait jamais appelée ainsi. Tatiana Ivanovna, qui errait silencieusement d'un meuble à un autre,
rangeant et laissant tour à tour les objets, tourna vers
elle un regard égaré, étrange.

« Barinia ?

— Nous avons vieilli, hein, ma pauvre ? Mais toi, tu
ne changes pas. Ça fait du bien de te regarder... Non,
vraiment, tu ne changes pas.

— On ne change plus à mon âge que dans le cer-
cueil », dit Tatiana Ivanovna avec un mince sourire.

Hélène Vassilievna hésita, murmura en baissant la
voix :

« Tu te souviens bien de chez nous ? »

La vieille femme rougit brusquement, éleva en l'air ses mains tremblantes.

« Si je me souviens, Hélène Vassilievna !... Dieu !... Je pourrais dire où chaque chose était placée !... Je pourrais entrer dans la maison et marcher les yeux fermés !... Je me souviens de chaque robe, que vous portiez, et des costumes des enfants, et des meubles, et du parc, mon Dieu !...

— Le salon des glaces, mon petit salon rose...

— Le canapé, où vous étiez assise les soirs d'hiver, quand on menait les enfants en bas.

— Et avant cela ? notre mariage ?...

— Je vois encore la robe que vous portiez, vos diamants dans les cheveux... La robe était de moire, avec les vieilles dentelles de la défunte Princesse... Ah, mon Dieu, Lulitchka n'aura pas de pareilles... »

Elles se turent toutes les deux. Nicolas Alexandrovitch regardait fixement la cour sombre ; il revoyait dans sa mémoire sa femme, telle qu'elle lui était apparue, pour la première fois, au bal, quand elle était encore la comtesse Eletzkaïa, avec sa grande robe de satin blanc, et ses cheveux d'or... Comme il l'avait aimée... Mais ils finissaient leur vie ensemble... C'était déjà beau... Si seulement ces femmes pouvaient se taire... s'il n'y avait pas ces souvenirs au fond du cœur, l'existence serait supportable... Il prononça avec effort entre ses dents serrées, sans tourner la tête :

« A quoi bon ? A quoi bon ? C'est fini. Ça ne reviendra plus. Que d'autres espèrent, s'ils veulent... c'est fini, fini », répéta-t-il avec une sorte de colère.

Hélène Vassilievna lui prit la main, porta à ses lèvres les doigts pâles, comme autrefois.

« Cela remonte du fond de l'âme, parfois... Mais il n'y

a rien à faire... C'est la volonté de Dieu... Kolia, mon ami... mon chéri... nous sommes ensemble, et le reste... »

Elle fit un geste vague de la main; ils se regardèrent silencieusement, cherchant d'autres traits, d'autres sourires, au fond du passé, sur leurs vieux visages.

La chambre était sombre et chaude. Hélène Vassilievna demanda :

« Prenons un taxi, allons quelque part, ce soir, veux-tu? Il y avait autrefois un petit restaurant, près de Ville-d'Avray, au bord du lac, où nous sommes allés, en 1908, te rappelles-tu?

— Oui.

— Il existe peut-être encore ?

— Peut-être, dit-il en haussant les épaules : on s'imagine toujours que tout s'écroule avec nous, n'est-ce pas? Allons voir. »

Ils se levèrent, allumèrent l'électricité. Tatiana Ivanovna était debout au milieu de la pièce marmottant des paroles incompréhensibles.

« Tu restes là, Nianiouchka? » demanda machinalement Nicolas Alexandrovitch.

Elle parut se réveiller; ses lèvres tremblantes remuèrent longtemps, comme formant les mots avec effort.

« Et où irais-je ? » dit-elle enfin.

Quand elle fut seule, elle alla s'asseoir devant le portrait de Youri. Son regard le fixait, mais d'autres images encore passaient dans son souvenir, plus anciennes, et oubliées de tous. Des visages morts, des robes vieilles d'un demi-siècle, des chambres abandonnées... Elle se rappelait le premier petit cri plaintif et aigre de Youri... « Comme s'il savait ce qui l'attendait, songeait-elle. Les autres n'ont pas crié ainsi... »

Puis elle s'assit devant la fenêtre et commença à raccommoder les bas.

Chapitre VII

Les premiers mois de la vie des Karine, à Paris, furent calmes. A l'automne, seulement, quand le petit André revint de Bretagne, et qu'il fallut songer à s'établir, l'argent commença à manquer. Les derniers bijoux, depuis longtemps, étaient partis. Il restait un petit capital, qui pouvait durer deux, trois ans... Après ? Quelques Russes avaient ouvert des restaurants, des cabarets de nuit, de petits magasins. Les Karine, comme les autres, avec leurs derniers sous, achetèrent et meublèrent une boutique, au fond d'une cour, et là, ils commencèrent par vendre les quelques couverts anciens, qu'ils avaient pu emporter avec eux, les dentelles, les icônes. Tout d'abord, personne n'acheta rien. En octobre il fallut payer le terme. Puis, André dut être envoyé à Nice. L'air de Paris lui donnait des crises d'étouffement. Ils songèrent à déménager. On leur offrait, près de la Porte de Versailles, un appartement moins cher et plus clair, mais il n'avait que trois pièces et une cuisine étroite comme un placard Où loger la

vieille Tatiana? Il ne pouvait être question de la faire
monter au sixième, avec ses mauvaises jambes. En
attendant, chaque fin de mois était plus difficile que la
précédente. Les bonnes s'en allaient, les unes après les
autres, ne pouvant s'accoutumer à ces étrangers qui
dormaient le jour, et, la nuit, mangeaient, buvaient,
laissaient traîner la vaisselle sale, sur les meubles du
salon, jusqu'au lendemain.

Tatiana Ivanovna essaya de faire quelques petits tra-
vaux, des lavages, mais elle devenait faible, et ses
vieilles mains n'avaient pas la force de soulever les
lourds matelas français et les pièces de linge mouillé.

Les enfants, perpétuellement las et irrités à présent, la
rudoyaient, la renvoyaient : « Laisse. Va-t'en. Tu
embrouilles tout. Tu casses tout. » Elle s'en allait sans
rien dire. D'ailleurs, elle ne paraissait même pas les
entendre. Elle demeurait des heures entières, immobile,
les mains croisées sur ses genoux, fixant silencieusement l'espace. Elle était voûtée, presque courbée en
deux, la peau, blanche, morte, avec des veines bleues,
gonflées, au coin des paupières. Souvent quand on
l'appelait, elle ne répondait pas, se contentant de serrer
davantage sa petite bouche creuse. Elle n'était pas
sourde, pourtant. Chaque fois qu'un nom du pays,
même prononcé à voix basse, à peine soupiré, échappait
à l'un d'eux, elle tressaillait, disait tout à coup de sa
voix faible et calme :

« Oui... le jour de Pâques, où le clocher de Temnaïa a
brûlé, je me rappelle... », ou :

« Le pavillon... déjà, quand vous êtes partis, le vent
avait fait éclater les vitres... je me demande ce que tout
cela est devenu... »

Et elle se taisait de nouveau et regardait la fenêtre,
les murs blancs et le ciel au-dessus des toits.

« Quand est-ce que l'hiver viendra enfin ? disait-elle. Ah, mon Dieu, qu'il y a longtemps que nous n'avons vu ni le froid ni la glace... L'automne est bien long, ici... A Karinovka, sans doute, tout est blanc déjà, et la rivière est gelée... Vous rappelez-vous, Nicolas Alexandrovitch, quand vous aviez trois, quatre ans, moi, j'étais jeune, alors, votre maman défunte disait : "Tatiana, on voit bien que tu es du Nord, ma fille... A la première neige, tu deviens insensée..." Vous rappelez-vous ?

— Non, murmurait Nicolas Alexandrovitch d'un air las.

— Moi, je me rappelle, et bientôt, grommelait-elle, il n'y aura plus que moi pour me rappeler... »

Les Karine ne répondaient pas. Chacun d'eux avait assez de ses propres souvenirs, de ses appréhensions et de ses tristesses. Un jour, Nicolas Alexandrovitch dit :

« Les hivers d'ici ne ressemblent pas aux nôtres. »

Elle tressaillit.

« Comment cela, Nicolas Alexandrovitch ?

— Tu verras bien assez tôt », murmura-t-il.

Elle le regarda fixement et se tut. L'expression étrange, méfiante et hagarde de ses yeux, le frappa pour la première fois.

« Qu'est-ce qu'il y a, ma vieille ? » demanda-t-il doucement.

Elle ne répondit rien. A quoi bon ?

Tous les jours, elle regardait le calendrier, qui marquait le commencement d'octobre, scrutait longuement le rebord des toits, mais la neige ne tombait pas encore. Elle ne voyait que des tuiles sombres, la pluie, les feuilles d'automne tremblantes et sèches.

Elle était seule à présent tout le jour. Nicolas Alexandrovitch battait la ville à la recherche d'objets anciens, de bijoux pour leur petit magasin ; ils réussi-

rent à vendre un peu de vieilleries et à en acheter
d'autres.

Autrefois, Nicolas Alexandrovitch avait possédé des
collections de porcelaines précieuses et de plats ciselés.
Maintenant, parfois, quand il rentrait, le long des
Champs-Elysées, vers le soir, un paquet sous le bras, il
lui arrivait d'oublier que ce n'était pas pour sa maison,
pour lui-même qu'il avait travaillé. Il allait vite, respirant l'odeur de Paris, regardant dans le crépuscule, les
lumières qui brillaient, presque heureux et le cœur plein
d'une triste paix.

Loulou avait obtenu une place de mannequin dans
une maison de couture. La vie, insensiblement,
s'organisait. Ils rentraient tard, fatigués, rapportant de
la rue, de leur travail, une sorte d'excitation qui se
dépensait quelque temps encore en rires, en paroles,
mais la sombre demeure et la vieille femme muette les
glaçaient peu à peu. Ils dînaient à la hâte, se couchaient
et dormaient, sans un rêve, assommés par la dure
journée.

Chapitre VIII

Octobre passa, et les pluies de novembre commencèrent. On entendait du matin au soir les averses qui
rebondissaient avec fracas sur les pavés de la cour.
Dans les appartements l'air était chaud, lourd. Quand
les calorifères s'éteignaient, à la nuit, l'humidité du
dehors pénétrait à travers les rainures du plancher. Le
vent aigre soufflait sous les tabliers de fer des chemi-
nées éteintes.

Des heures entières, assise devant la fenêtre, dans
l'appartement vide, Tatiana Ivanovna regardait tomber
la pluie, et les lourdes gouttes couler sur les vitres
comme un flot de larmes. D'une cuisine à une autre,
par-dessus les petites caisses pareilles des garde-
manger et la ficelle tendue entre deux clous, où sé-
chaient les torchons, les servantes échangeaient des
plaisanteries, des plaintes en cette langue rapide qu'elle
ne comprenait pas. Vers quatre heures, les enfants
rentraient de l'école. On entendait le bruit des pianos
qui jouaient tous ensemble, et, sur chaque table, dans

les salles à manger, des lampes semblables s'allu-
maient. On tirait les rideaux devant les fenêtres, et elle
n'entendait plus que le son de la pluie et le grondement
sourd des rues.

Comment pouvaient-ils vivre, tous ces gens enfermés
dans ces maisons noires ? Quand viendrait la neige ?

Novembre passait, puis les premières semaines de
décembre à peine plus froides. Les brouillards, les
fumées, les dernières feuilles mortes, écrasées, empor-
tées le long des ruisseaux... Puis Noël. Le 24 décembre,
après un dîner léger, pris à la hâte, sur un coin de table,
les Karine partirent réveillonner chez des amis. Tatiana
Ivanovna les aida à s'habiller. Quand ils lui dirent adieu
avant de sortir, elle eut un mouvement de joie en les
voyant vêtus, comme autrefois, Nicolas Alexandrovitch
en habit. Elle regarda en souriant Loulou, sa robe
blanche, ses longues tresses roulées sur la nuque.

« Allons, Lulitchka, tu trouveras un fiancé, cette nuit,
avec l'aide de Dieu. »

Loulou haussa silencieusement les épaules, se laissa
embrasser sans rien dire, et ils partirent. André passait
les vacances de Noël à Paris. Il portait la tunique, la
petite culotte bleue, la casquette du lycée de Nice, dont
il suivait les cours ; il semblait plus grand et plus fort ; il
avait une manière rapide et vive de jeter les mots,
l'accent, les gestes, l'argot d'un garçon né et élevé en
France. Il sortait le soir pour la première fois, cette nuit-
là, avec ses parents. Il riait, chantonnait. Tatiana Ivanovna se pencha à la fenêtre, le suivit du regard tandis
qu'il marchait en avant, sautant par-dessus les flaques.
La porte cochère retomba avec un choc sourd. Tatiana
Ivanovna était seule, de nouveau. Elle soupira. Le vent,
doux malgré la saison, et chargé de gouttelettes fines de
pluie, lui soufflait au visage. Elle leva la tête, regarda

machinalement le ciel. On apercevait à peine entre les toits un sombre espace, d'une singulière couleur rouge, comme embrasé par un feu intérieur. Dans la maison, des gramophones jouaient à des étages différents des musiques discordantes.

Tatiana Ivanovna murmura : « Chez nous... » et se tut. A quoi bon ? C'était fini depuis longtemps... Tout était fini, mort...

Elle ferma la fenêtre, revint dans l'appartement. Elle levait la tête, aspirait l'air avec une sorte d'effort, une expression inquiète et irritée. Ces plafonds bas l'étouffaient. Karinovka... La grande maison, ses fenêtres immenses, où l'air et la lumière pénétraient à flots, les terrasses, les salons, les galeries, où les soirs de fête cinquante musiciens se tenaient à l'aise. Elle se rappelait la nuit de Noël lorsque Cyrille et Youri étaient partis... Elle croyait entendre encore la valse qu'ils avaient jouée cette nuit-là... Quatre ans passés... Il lui semblait voir les colonnes étincelantes de glace, au clair de lune. « Si je n'étais pas si vieille, songea-t-elle, je ferais bien le voyage... Mais ce ne serait pas la même chose... Non, non, marmotta-t-elle vaguement, ce ne serait pas la même chose... » La neige... Quand elle la verrait tomber, ce serait fini... Elle oublierait tout. Elle se coucherait et fermerait les yeux pour toujours. Est-ce que je vivrai jusque-là ? murmura-t-elle.

Machinalement, elle prit les vêtements qui traînaient sur les chaises, les plia. Depuis quelque temps, il lui semblait voir partout une petite poussière fine, égale, qui tombait du plafond et recouvrait les objets. Cela avait commencé à l'automne, quand la nuit était venue plus tôt, et qu'on avait reculé l'heure d'allumer les lampes pour ne pas brûler trop d'électricité. Elle essuyait et secouait sans cesse les étoffes ; la poussière s envolait, mais pour retomber aussitôt plus loin, comme une cendre légère.

Elle ramassa les effets, les brossa, en marmottant avec une expression d'hébétement et de souffrance :

« Qu'est-ce que c'est ? Qu'est-ce que c'est donc ? »

Brusquement elle s'arrêta, regarda autour d'elle. Par moments, elle ne comprenait plus pourquoi elle était là, rôdant dans ces étroites chambres. Elle porta les mains à sa poitrine, soupira. Il faisait chaud et lourd, et les calorifères, allumés encore par exception, cette nuit de fête, répandaient une odeur de peinture fraîche. Elle voulut les fermer, mais elle n'avait jamais pu comprendre la manière dont on les faisait manœuvrer. Elle tourna quelque temps en vain la poignée, la laissa. De nouveau, elle ouvrit la fenêtre. L'appartement, de l'autre côté de la cour, était éclairé et projetait dans la chambre un rectangle de vive lumière.

« Chez nous, songeait-elle, chez nous, maintenant... »

La forêt était gelée. Elle ferma les yeux, revit avec une précision extraordinaire la neige profonde, les feux du village qui scintillaient au loin, et la rivière à la lisière du parc, étincelante et dure comme du fer.

Elle demeurait immobile serrée contre la croisée, tirant du geste qui lui était familier, son châle sur les mèches défaites de ses cheveux. Il tombait une petite pluie rare et tiède ; les gouttes brillantes, chassées par de brusques bouffées de vent, lui mouillaient le visage. Elle frissonna, ramena plus étroitement contre elle les pans de son vieux fichu noir. Ses oreilles bourdonnaient, semblaient traversées parfois d'un bruit violent, comme celui du battant agité d'une cloche. Sa tête, tout le corps lui faisaient mal.

Elle quitta le salon, entra dans sa petite chambre, au fond du couloir, se coucha.

Avant de se mettre au lit, elle s'agenouilla, dit les prières. Elle se signait, touchait le parquet de son front incliné, comme tous les soirs. Mais les paroles s'embrouillaient, cette nuit, sur ses lèvres ; elle s'arrêtait, fixait avec une sorte de stupeur la petite flamme brillante, au pied de l'icône.

Elle se coucha, ferma les yeux. Elle ne parvenait pas à s'endormir, elle écoutait, malgré elle, les craquements des meubles, le bruit de la pendule dans la salle à manger, comme un soupir humain qui précédait le son de l'heure battant dans le silence, et, au-dessus, au-dessous d'elle, les gramophones, tous en marche, ce soir de réveillon. Des gens montaient l'escalier, le descendaient, traversaient la cour, sortaient. On entendait crier à chaque instant : « Cordon, s'il vous plaît ! » et le sourd écho de la porte cochère ouverte et refermée et des pas qui s'éloignaient dans la rue vide. Des taxis passaient rapidement. Une voix enrouée appelait le concierge dans la cour.

Tatiana Ivanovna retourna en soupirant sa tête pesante sur l'oreiller. Elle entendit sonner onze heures, puis minuit. Elle s'endormit plusieurs fois, se réveilla. Au moment où elle perdait conscience, chaque fois elle apercevait en rêve la maison, à Karinovka, mais l'image s'effaçait, elle se hâtait de refermer les yeux pour la ressaisir de nouveau. Toutes les fois un détail manquait. Tantôt, la délicate couleur jaune de la pierre était changée en une teinte rouge de sang séché, ou la maison était aveugle, murée, les fenêtres disparues. Cependant elle entendait le faible son des branches de sapins gelés, agités par le vent, avec leur bruit léger de verre.

Tout à coup, le rêve changea. Elle se vit arrêtée devant la maison vide, ouverte. C'était un jour d'automne, à l'heure où les domestiques venaient rallumer les poêles. Elle était en bas, debout, seule. Elle voyait dans son rêve la maison déserte, les chambres nues, telles qu'elle les avait laissées, avec les tapis roulés le long des murs. Elle montait, et toutes les portes battaient repoussées par le courant d'air, avec un bruit gémissant et étrange. Elle allait, se hâtait, comme si elle craignait d'arriver en retard. Elle voyait l'enfilade de pièces immenses, toutes ouvertes, vides, avec des morceaux de papier d'emballage et de vieux journaux qui traînaient à terre, et que le vent soulevait.

Enfin elle entra dans la chambre des enfants. Elle était vide comme les autres, jusqu'au petit lit d'André enlevé, et, dans son rêve, elle éprouva une espèce de stupeur : elle se souvenait de l'avoir rangé elle-même dans un coin de la pièce et roulé les matelas. Devant la fenêtre, assis à terre, Youri, pâle, amaigri, en uniforme de soldat comme le dernier jour, jouait avec de vieux osselets, ainsi qu'il le faisait quand il était enfant. Elle savait qu'il était mort, et, cependant, elle ressentit, en le voyant, une joie extraordinaire, telle que son vieux cœur épuisé commença à battre avec une violence presque douloureuse ; les coups sourds et profonds heurtaient les parois de sa poitrine. Elle eut encore le temps de se voir courir vers lui, traverser le parquet poudreux, qui criait, sous ses pas, comme autrefois, et au moment où elle allait le toucher, elle s'éveilla.

Il était tard. Le jour se levait.

Chapitre IX

Elle s'éveilla en gémissant et resta immobile, étendue sur le dos, fixant avec stupeur les fenêtres claires. Un brouillard opaque et blanc emplissait la cour, et, à ses yeux fatigués, semblait de la neige, telle qu'elle tombe, pour la première fois, à l'automne, épaisse et aveuglante, répandant une sorte de morne lumière, de dur éclat blanc.

Elle joignit les mains, murmura :

« La première neige... »

Longtemps elle la regarda avec une expression de ravissement à la fois enfantin et un peu effrayant, insensé. L'appartement était silencieux. Sans doute, personne n'était rentré encore. Elle se leva, s'habilla. Elle ne quittait pas la fenêtre du regard, imaginant la neige qui tombait, la neige qui rayait l'air avec une rapidité fuyante, comme des plumes d'oiseau. Un moment il lui sembla entendre le bruit d'une porte refermée. Peut-être les Karine étaient-ils déjà revenus et dormaient ?... Mais elle ne pensait pas à eux. Elle

croyait sentir s'écraser sur son visage les flocons de
neige, avec leur goût de glace et de feu. Elle prit son
manteau, attacha à la hâte son fichu sur sa tête,
l'épingla autour du cou, chercha machinalement sur la
table, de sa main étendue, comme une aveugle, le
trousseau de clefs qu'elle emportait avec elle, à Karinovka, quand elle sortait. Elle ne trouva rien, tâtonna
fébrilement, oubliant ce qu'elle voulait, rejeta avec
impatience l'étui à lunettes, le tricot commencé, le
portrait de Youri, enfant...

Il lui semblait qu'elle était attendue. Une fièvre
étrange lui brûlait le sang.

Elle ouvrit une armoire, la laissa avec la porte qui
battait et le tiroir ouvert. Un porte-manteau tomba. Elle
hésita un instant, haussa les épaules, comme si elle
n'avait pas de temps à perdre et brusquement sortit. Elle
traversa l'appartement, descendit l'escalier de son petit
pas rapide et silencieux.

Dehors, elle s'arrêta. Le brouillard glacé emplissait la
cour d'une masse blanche, dense, qui s'élevait lentement de terre comme une fumée. Les fines gouttelettes
lui piquaient le visage, comme la pointe des aiguilles de
neige, quand elles tombent à moitié fondues et toutes
mêlées encore de la pluie de septembre.

Derrière elle, deux hommes en habit sortirent et la
regardèrent curieusement. Elle les suivit, se glissa dans
l'entre-bâillement de la porte, qui retomba dans son
dos, avec un gémissement sourd.

Elle était dans la rue, une rue noire et déserte ; un
réverbère allumé brillait à travers la pluie. Le brouillard
se dissipait. Il commençait à tomber une petite bruine
aiguë et froide ; les pavés et les murs luisaient faiblement. Un homme passa, traînant des semelles mouillées
qui rendaient l'eau ; un chien traversa la rue, avec une

sorte de hâte, s'approcha de la vieille femme, la flaira, s'attacha à ses pas, avec un petit grondement gémissant et inquiet. Il la suivit quelque temps, puis la laissa.

Elle alla plus loin, vit une place, d'autres rues. Un taxi la frôla de si près que la boue lui gicla au visage. Elle ne paraissait rien voir. Elle marchait droit devant elle, en chancelant sur les pavés mouillés. Par moments, elle ressentait une fatigue telle que ses jambes semblaient plier sous le poids de son corps et s'enfoncer dans la terre. Elle levait la tête, regardait le jour qui venait du côté de la Seine, un pan de ciel blanc au bout de la rue. A ses yeux, cela se transformait en une plaine de neige comme celle de Soukharevo. Elle allait plus vite, éblouie par une sorte de pluie de feu qui hachait ses paupières. Dans ses oreilles sonnait un bruit de cloches.

Un instant, un éclair de raison lui revint ; elle vit distinctement le brouillard et la fumée qui se dissipaient, puis cela passa ; elle recommença à marcher, inquiète et lasse, courbée vers la terre. Enfin elle atteignit les quais.

La Seine était haute et couvrait les berges ; le soleil se levait, et l'horizon était blanc avec un éclat pur et lumineux. La vieille femme s'approcha du parapet, regarda fixement cette bande de ciel étincelant. Sous ses pieds, un petit escalier était creusé dans la pierre ; elle saisit la rampe, la serra fortement de sa main froide et tremblante, descendit. Sur les dernières marches l'eau coulait. Elle ne le voyait pas. « La rivière est gelée, songeait-elle, elle doit être gelée en cette saison... »

Il lui semblait qu'il fallait seulement la traverser et que, de l'autre côté, était Karinovka. Elle voyait scintiller les lumières des terrasses à travers la neige.

Mais quand elle fut arrivée en bas, l'odeur de l'eau la frappa enfin. Elle eut un brusque mouvement de stupeur et de colère, s'arrêta une seconde, puis descendit encore, malgré l'eau qui traversait ses chaussures et alourdissait sa jupe. Et, seulement quand elle fut entrée dans la Seine jusqu'à mi-corps, la raison lui revint complètement. Elle se sentit glacée, voulut crier, mais elle eut seulement le temps de tracer le signe de la croix et le bras levé retomba : elle était morte.

Le petit cadavre flotta un instant, comme un paquet de chiffons avant de disparaître, happé par la sombre Seine.

Naissance d'une révolution

Scènes vues par une petite fille [1]

1. Ces souvenirs parurent dans *Le Figaro littéraire*, le 4 juin 1938. Irène Némirovsky en avait rédigé le brouillon, aujourd'hui conservé à l'IMEC, le 27 mars 1938, à la suite de la composition de la nouvelle « Espoir ». Ce texte fut repris en 1945 dans le recueil *Suites françaises*, ensemble de chroniques du *Figaro* rassemblées par Léon Cotnareanu (New York, Brentano's).

Quel est l'instant exact où naît une révolution ?

Je voudrais retrouver dans ma mémoire ce jour de l'hiver 1917, lorsqu'elle fut tout à coup devenue visible, non seulement pour les initiés, pour les hommes au pouvoir, mais pour la foule, pour un enfant, pour moi.

La veille, la révolution était un mot sorti des pages de l'Histoire de France ou des romans de Dumas père. Voici que les grandes personnes disaient (sans y croire encore) :

— Nous courons à une révolution... Vous verrez, tout cela finira par une révolution !

Comment la vie a-t-elle cessé tout à coup d'être quotidienne ? Quand la politique, désertant les journaux, s'est-elle installée dans notre existence ? Quand a-t-on senti enfin que les expressions « temps historiques », « faire de l'Histoire », n'étaient pas des vocables réservés uniquement aux générations précédentes, mais pouvaient s'appliquer à nous, à ma gouvernante, Mlle Rose, au dvornik Ivan, à mon professeur de littérature, qui était socialiste-révolutionnaire, à moi ?

Il y a eu un moment, pourtant, où l'enfant que j'étais a compris « qu'il se passait quelque chose », quelque chose d'effrayant, d'excitant, d'étrange qui était la révolution, le bouleversement de toute la vie.

*

Je crois que ce moment-là fut celui où, dans une rue populeuse, non loin du centre de la ville, je croisai un cortège uniquement composé de femmes, d'ouvrières d'usine. Elles traînaient leurs enfants derrière elles. Je me souviens d'une jeune femme qui passa tout près de moi ; elle portait sur ses cheveux un châle de laine grossière et, dans le pan de ce châle, dans le creux de son bras, un enfant endormi. Je regardai l'enfant et, le trouvant joli, le dis tout haut. La mère sourit à demi, de ce sourire presque involontaire qui touche à peine le coin des lèvres et éclaire les yeux, sourire à la fois fier et timide qu'ont toutes les femmes, devant elles, dans la rue, quelqu'un a admiré leur petit.

Ces femmes ne chantaient pas, ne criaient pas. Elles poussaient devant elles les enfants accrochés à leurs jupes, les grondaient ou riaient avec eux. Quelques-unes bavardaient entre elles. Puis, tout à coup, elles s'arrêtaient : leurs rangs semblaient frémir, et, comme un chœur sur une scène obéit à un mot d'ordre qui n'a pas été perçu dans la salle, elles faisaient jaillir de leurs bouches ouvertes une clameur, une plainte sauvage et sourde qui montait, montait, puis retombait et s'arrêtait, brisée net.

Je demandais en vain aux grandes personnes qui m'accompagnaient :

— Que veulent-elles ? Que disent-elles ?

Enfin, je crus comprendre qu'elles demandaient du pain.

Ce qui était effrayant, c'était leur nombre. J'avais beau me hausser sur la pointe des pieds, regarder au loin : je ne voyais que des femmes en fichus, des femmes en jupes grises, des femmes tenant des enfants sur leurs épaules, et qui passaient du même pas lent et cadencé.

Nous ne vîmes pas la fin du cortège. La police fraya un passage aux voitures et nous rentrâmes. Puis je ne me souviens plus de rien jusqu'au moment où, trois ou quatre jours plus tard, seule au salon, j'étudiais mon piano. J'entendis dans la rue des cris et des coups de sifflet et, ayant couru à la fenêtre, heureuse de laisser là un instant le piano détesté, je vis des paysans se querel-ler, me sembla-t-il, à la porte d'une boulangerie. Tout à coup, ils commencèrent à rire et à battre des mains. En face de notre maison s'élevait une caserne. Sur le haut du mur parurent un, deux, trois, dix soldats armés qui, avec des cris, des lazzi, sautèrent dans la rue, la traver-sèrent et disparurent. Ainsi je vis les premiers soldats révoltés. Comment s'étaient-ils enfuis ? Qu'étaient devenus les officiers ? Cela, personne ne le savait alors, mais que tout paraissait simple, bon enfant, ni étrange, ni effrayant encore.

Puis vint le soir. La chambre était si paisible avec ses murs roses, ses meubles laqués, sa petite lampe de porcelaine allumée... Tout serait demain comme au-jourd'hui. Toutes ces choses avaient existé de tout temps et continueraient d'exister, comme la terre ne cesserait pas de tourner.

Brusquement, dans cette tiédeur, cette paix du demi-sommeil, j'entendis un son alors si nouveau pour moi que je sentis moins de crainte que de surprise : le bruit d'un coup de feu.

Il avait été tiré loin de la maison, « de l'autre côté de la Neva », dit ma gouvernante. Un second lui répondit, puis un autre éclata, plus près ; puis un autre, plus loin celui-là. Je cachai la tête sous la couverture, pour ne pas

entendre, mais, malgré moi, j'imaginai la brume au
bord du fleuve, les ténèbres, les petites flammes pâles
dans les rues et ces hommes qui se battaient. Vers
minuit, tout se tut. Deux jours encore et la ville était
pavoisée de rouge.

C'était la révolution triomphante, celle qui n'a pas
versé de sang encore, ou si peu, dont le beau visage fier
et irrité va si vite être altéré, dégradé, par les affreuses
passions des hommes. Le soleil brillait ; on vendait des
fleurs de papier rouge dans les rues et les tramways
s'ornaient de banderoles écarlates. Le peuple était
joyeux, magnanime, plein d'espoir. Puis les choses se
gâtèrent, et c'est alors que se place l'épisode que je
veux raconter et dont le souvenir, je ne sais pourquoi,
ces jours-ci, m'obsède.

On le sait, les agents de police tentèrent de défendre
l'ancien régime.

Ils avaient installé, quelques jours auparavant, sur les
toits des maisons, des mitrailleuses qui, toutes ensemble, se mirent à tirer sur la foule, cette foule paresseuse
qui traînait dans les rues, faisait de la semaine un
dimanche, pérorait au carrefour, acclamait les portraits
de Kerensky, mangeait les graines de tournesol, soufflait dans des ballons de baudruche. J'entendis pour la
première fois des cris de frayeur, non de douleur
(personne alors ne fut blessé, du moins dans notre rue),
mais de la foule monta ce long hurlement qui demande
le sang, ce cri inoubliable qui ne contient plus rien
d'humain, cette sombre clameur de haine et de folie.
Tous se ruèrent dans les maisons, à l'assaut des derniers
étages, des greniers, des toits, où l'on supposait que les
agents étaient cachés. Quand on en découvrait un, on se
jetait sur lui, on arrachait ses vêtements, on lui crachait
à la figure, on le faisait descendre, poussé de bras en

bras, jeté d'homme à homme, et, tout à coup, parmi mille visages, cette face pâle, sanglante, disparaissait.

Or, le concierge de notre maison, Ivan, le dvornik, avait pour gendre un agent de police. De tout temps, les dvorniks avaient eu partie liée avec la police, à laquelle ils servaient souvent d'indicateurs, et ils étaient redoutés et honnis. Nous entendîmes soudain, dans l'escalier, entre les murs mêmes de l'immeuble, le vacarme de la foule montant à l'assaut.

— Il est là ! Il est là ! Il est trouvé, le chien !

L'agent avait été caché dans la chambre de son beau-père, sous son lit. Il eut le sort des autres captifs et je ne sais ce qu'il devint, mais voici qu'une petite troupe de soldats fit sortir le dvornik, coupable de lui avoir donné asile, et le poussa dans la cour.

De ma fenêtre, je voyais la cour.

— Ne regarde pas ! Ne regarde pas ! criait ma mère.

Ne pas regarder ! Il eût fallu d'abord avoir la force de reculer, de faire un pas, de fermer les yeux. Il me semblait que mes pieds avaient pris racine dans le sol et que jamais plus mes yeux ne se refermeraient, que je ne serais jamais plus capable de faire un mouvement, ni de pousser un cri...

Cette cour... Cette haute maison grise, ce ciel brillant, jamais je ne les oublierai, ni ce vieil homme chauve qui marchait, sans savoir où on le poussait, que l'on vint coller au mur.

Les soldats se placèrent en rang en face de lui. Celui qui les commandait dit :

— Dis adieu à tes enfants.

Ils étaient là, quatre ou cinq petits, je ne me souviens plus. Mais je revois leurs robes de cotonnade rose déteinte, leurs grasses petites jambes nues dans la poussière. Les enfants pleuraient. L'homme les embras-

sa. Un des soldats prit le plus jeune, un bébé encore, et
le lui mit dans les bras ; puis, quand le père l'eut serré
contre lui, le soldat enleva l'enfant, le reposa à terre et
lui caressa les cheveux.

Ensuite, il dit au dvornik :

— Récite tes prières.

Le gros homme s'agenouilla. Les enfants l'entou-
rèrent ; le plus petit, voulant les imiter, glissa dans la
poussière et resta là, couché, remuant les jambes et
riant. Les autres récitèrent « Notre Père ». Puis le
dvornik se leva ; d'un pas assez ferme, il alla lui-même
s'adosser au mur. On lui banda les yeux. J'entendis un
coup de feu, et je vis... l'homme n'était pas mort. On
avait voulu seulement lui faire peur, le punir. Les
soldats avaient mal visé exprès. L'homme était assis sur
le sol ; il avait relevé son bandeau et regardait autour de
lui, hébété. Il était blessé, pourtant. Une balle l'avait-
elle éraflé, ou s'était-il coupé le front en tombant ? Je ne
sais. Mais toujours est-il que je vis, cinq minutes après,
les soldats entourer Ivan ; l'un d'eux, celui qui avait
commandé le feu, pansait paternellement la blessure,
l'entourait d'une grosse compresse de coton et la fixait
avec le mouchoir qui avait servi à bander les yeux du
condamné. Et Ivan, encore pâle comme un mort, le sang
coulant sur sa figure, souriait de ce sourire émerveillé et
confus des hommes qui reviennent à la vie après un
évanouissement ou une opération, tandis que les soldats
plaisantaient, lui tapaient dans le dos.

Les enfants avaient repris leurs jeux.

— Ces Russes sont fous, dit Mlle Rose.

Et, en effet, tout cela semblait avoir l'incohérence et
la gratuité des actes de fous. Pourquoi cette cruauté ?
Comment des hommes peuvent-ils infliger pareil
supplice à un autre homme, de leur plein gré ? Lui dire :

« Voilà, c'est fini. Dans un instant tu ne seras plus qu'un cadavre », et cela devant ses enfants et, ensuite rire avec lui, le soigner ?

Plus tard seulement, je compris. Ce fut ce jour-là, ce fut en cet instant-là que je vis naître la révolution. J'avais vu le moment où l'homme ne s'est pas dépouillé encore des habitudes et de la pitié humaine, où il n'est pas encore habité par le démon, mais où déjà celui-ci s'approche de lui et trouble son âme. Quel démon ? Tous ceux qui ont vu de près la guerre ou l'émeute le connaissent ; chacun lui donne un nom différent, mais il a toujours le même visage hagard et fou, et ceux qui l'ont aperçu une fois ne l'oublieront plus.

ANNEXE

Deux romans russes [1]

---

1. En 1935, répondant à la demande d'Élisabeth Zehrfuss, secrétaire et collaboratrice de *La Revue hebdomadaire* (Plon), Irène Némirovsky publia dans ce périodique plusieurs chroniques de littérature étrangère. Celle que nous reproduisons parut dans le n° 8, le 23 février 1935, sous le titre « Deux romans russes : *Complète remise à neuf (Kapitalny remont)*, par L. Sobolev et *Le Quartier allemand*, par Lew Nitobourg. »

Les romans soviétiques sont souvent des œuvres de valeur au double point de vue de la documentation et de l'expérience humaine. Il serait vain d'y chercher la beauté de la forme. Les Russes, sauf les très grands, ont toujours sacrifié dans leurs livres la forme au fond et les écrivains soviétiques vont encore plus loin dans cette direction. Cette absence d'art est ce qui frappe et ce qui choque le plus au premier abord, d'autant plus que l'on sent bien qu'il ne s'agit pas là de dédain raisonné, mais d'une naturelle maladresse. Aucun choix · tout est mis sur le même plan et éclairé de la même façon. Aucune des qualités qu'il est convenu d'appeler modernes : rapidité, intensité, traits fulgurants. Rien, par exemple de la saveur brutale, véritablement moderne, celle-là, de la littérature américaine. En Russie les livres ressemblent aux films soviétiques les plus récents : chaque détail est traité minutieusement, lourdement; chaque intention est soulignée; chaque scène est formée d'une succession de gros plans; avec le même sérieux, avec la même lenteur, on y voit le héros mettre ses bottes et partir pour la guerre, jouer aux échecs et mourir.

L'étranger, qui s'intéresse à la littérature soviétique, doit donc délibérément renoncer, en l'abordant, à toute satisfaction purement esthétique, à la grâce et à la

légèreté du style, à la beauté d'une construction savante, et n'y rechercher que l'intime substance du récit
ainsi que le plaisir de connaître des mœurs très étranges, très spéciales, décrites beaucoup plus librement
qu'au cinéma. Ce dernier, en effet, est essentiellement
un article d'exportation, tandis que la littérature est
destinée à l'habitant. Aussi l'idéologie marxiste s'y fait
moins rigide, moins guindée ; l'écrivain y semble plus
libre ; on est tout surpris de lire des pages d'une verve
moqueuse, qui s'exerce avec précaution, mais qui existe
néanmoins. Cependant, lorsqu'il parle du présent, le
romancier paraît gêné, malgré tout. On dirait un écolier
qui, au cours d'une composition scolaire donnée par le
maître, se laisserait aller à dire ce qu'il pense, à expri-
mer des idées sur le monde, mais qui, tout à coup,
s'arrêterait, songerait à la mauvaise note qu'il risque de
recevoir et se hâterait de terminer son devoir par quelques phrases toutes faites, bien pensantes, bien sages,
apprises par cœur. On comprend parfaitement ce
sentiment de l'écrivain si on se donne la peine de lire
certaines critiques parues dans les grandes revues de
Moscou. Il faut avouer qu'on y trouve des remarques
effarantes. Tel critique, et non des moindres, blâme un
écrivain qui a fait le portrait d'un brigand sans expli-
quer que la société capitaliste était responsable de
l'existence du brigandage !... Un autre parle du sentiment de la nature dans le roman soviétique et déplore
que la nature soit si souvent « décrite d'un point de vue
non prolétarien ». Celui, paraît-il, qui admire un beau
paysage, sans rêver à l'usine qui sera construite dans
ces forêts et dans ces vallons, est un mauvais écrivain
prolétarien. Il ne convient pas de le blâmer trop stricte-
ment ; il ne faut pas le décourager, mais la critique
comme une bonne mère à l'enfant qui s'égare, doit

inlassablement, avec une juste sévérité, lui indiquer le droit chemin du marxisme.

En revanche, dès que l'écrivain touche au passé, il se produit un phénomène très curieux : il commence à écrire d'une manière plus mûre, plus savante, parfois remarquable. Peut-être une des causes en est également dans le recul nécessaire à toute création. Outre cela, on ne parle bien que de ce qui vous tient à cœur ; presque tous les romanciers soviétiques ont pris part à la révolution, et on sent que jamais ils ne l'oublieront. Il est même frappant de voir que cette autre immense expérience, la guerre, semble avoir beaucoup moins marqué l'écrivain européen. Très rares sont les livres où, sous un prétexte ou un autre, l'auteur, avec une nostalgie inavouée, ne se tourne vers ce passé sanglant. Dans un livre médiocre, dès qu'il s'agit de la révolution, le ton, l'accent est autre. Tout est transfiguré. Cela s'étend même au lointain passé. Que l'auteur en parle avec haine ou avec un regret dissimulé, l'impression est pareille. Voici un homme, brusquement emporté par ses souvenirs, libre de les décrire de la manière qui lui conviendra le mieux, ayant reconquis la dignité de l'artiste.

Parmi ces livres un des plus remarquables est celui de L. Sobolev : *Complète remise à neuf* (je traduis ainsi approximativement *Kapitalny remont*, un terme dont on se servait en Russie pour désigner les réparations que l'on faisait aux maisons, le ravalement et le nettoyage à la fois. Vous voyez le symbole...)

Seul a paru le premier volume, et le roman complet sera sans doute très long, mais ce premier volume forme une œuvre très dense, très intéressante, digne d'être étudiée pour elle-même et qui mériterait d'être connue. Ce livre est de la grande lignée des écrivains

russes, on y retrouve un peu de la race souveraine de
Tolstoï. Il a eu, en Russie, un immense succès.

Ce qu'il a d'exceptionnel, c'est avant tout le don de
vie, si rare et si précieux dans toutes les littératures.
Chaque mot a un son de vérité ; chaque personnage
est « dans la chambre ». Le récit commence au printemps 1914 et se termine quelques jours avant la décla-
ration de guerre. Le sujet en est très simple, mais c'est
un de ceux que l'on recommence sans cesse et dont on
ne se lasse jamais : les années d'apprentissage d'un
homme.

Nous le voyons très jeune homme, presque enfant.
Sans doute, est-il destiné à mûrir, à vieillir, à passer par
la guerre et la révolution. Son nom est Youri Levitine.
Il vient de sortir de l'École navale ; il est à la veille
d'être nommé officier. Au commencement du livre,
nous le voyons arriver à Helsingfors chez son frère,
officier de marine ; il vivra pendant trois jours à bord du
vaisseau de guerre où se trouve ce dernier.

Dès la première page vous le voyez distinctement ce
jeune garçon, et vous ne l'oublierez plus. Il est extraordinairement vivant, ce jeune homme de bonne famille
destiné dès sa naissance à être officier, élevé dans un de
ces établissements d'éducation militaire, moitié écoles,
moitié casernes, où la vie forme un singulier mélange
d'austérité et de frivolité, d'obéissance aveugle et
d'orgueil de caste. Ce garçon de vingt ans est encore au
seuil de la vie ; il ne connaît d'elle que sa plus trom-
peuse apparence. Il n'aspire qu'à imiter ses aînés et
justement dans leurs pires défauts. Il ne songe qu'à
éblouir le prochain par sa froideur, son élégance, sa
correction glacée, sa manière de parler, de s'habiller et
de fumer, qui doit être impeccable, aristocratique,
digne, enfin, d'un véritable officier « de la flotte de Sa

Majesté », comme s'expriment ses aînés, qui singent en tous points les Anglais.

La scène du début est charmante. En wagon, le jeune homme voyage avec un vieux capitaine des armées de terre, celui-là, servant dans l'infanterie, arme plébéienne et méprisée. Il met tous ses soins à se montrer cassant, brillant, snob, et comme il y réussit !... Il est cynique, odieux, mais comme on voit en lui la jeunesse, le feu charmant de ses vingt ans, la moquerie, la timidité, la délicieuse naïveté de cet âge !... le capitaine, en le contemplant avec un mélange d'irritation et d'admiration, se sent bien vieux, bien usé par la vie. Il est subjugué malgré lui. (« Est-ce qu'il peut laisser quelqu'un insensible, cet adolescent dont la route est largement tracée jusqu'à la fin de sa vie, né pour l'éclat des épaulettes et des aigles de l'Amirauté ? ») Car dans la Russie de 1914, la naissance prime tout.

Youri va donc rendre visite à son frère. Sur le cuirassé ses aînés le reçoivent avec une railleuse et amicale indulgence, le traitent en frère, en initié. Tout lui semble admirable. Il vit dans l'espérance qu'il sera nommé officier dans quelques mois et partagera cette existence de demi-dieux, qui règnent sur un peuple de matelots, naïfs barbares, dévoués à leurs officiers jusqu'à la mort. Mais la réalité est un peu différente de ce qu'il imagine. Il vient d'arriver sur le bateau au moment où éclate une révolte parmi ces braves matelots qu'il considère comme des machines ou des bêtes de somme, bonnes tout au plus à se faire tuer. Le motif de la révolte est d'une futilité inconcevable : quelques soutiers, noirs et sales, se trouvent, par une erreur de commandement, sur le pont du cuirassé pendant la cérémonie du salut au drapeau. On les punit ; l'un d'eux proteste ; les officiers tentent d'arranger les choses et ne réussissent qu'à les envenimer. La révolte éclate. Les matelots sont arrêtés. Youri assiste à cela, sans trop comprendre par quelle étrange erreur cet incident si trivial semble tout à coup prendre une importance extraordinaire, et grossi par la malveillance des uns, la sottise ou la paresse des autres, devient d'une gravité tragique.

Arrivé à ce point du récit on tremble. L'auteur ne va-t-il pas faire de Youri de but en blanc un bolchevik convaincu, qui haranguera les matelots et organisera la révolte ?... Ces brusques conversions ne sont pas impossibles, hélas, dans un roman soviétique... Il n'en est rien heureusement ! C'est avec le plus grand tact que l'auteur décrit ce premier contact de Youri avec la réalité. Il est ennuyé plutôt qu'effrayé. Il ressent plus de gêne que d'émotion. Il n'a pas beaucoup de pitié pour les malheureux soutiers déportés : ils sont si loin de lui... Il se doute bien que la signification de cette révolte est plus profonde peut-être que ses aînés ne veulent se l'avouer, mais il se rend parfaitement à leurs raisons : c'est un fait isolé qui n'entame en rien la confiance que l'on doit avoir dans les magnifiques destinées de « la flotte de Sa Majesté » !... A peine soupçonne-t-il la haine sourde qui couve sous cette discipline de fer, le désordre qui se dissimule sous cette belle apparence. Le malaise de Youri lui paraît à lui-même puéril ; pour rien au monde il ne le confierait aux brillants officiers qui l'entourent. A son frère seul qu'il admire et qu'il aime, Youri laisse voir ce sentiment bizarre de honte et ce trouble qui persiste en lui. Le portrait de ce frère de Youri, un Youri plus vieux, plus sage, est remarquable. L'aîné comprend mieux, lui, la signification de cette révolte. Il se doute qu'il appartient à une génération sacrifiée. Il pressent qu'il ne lui reste plus beaucoup de temps à jouir de cette tranquillité, de cette magnifique assurance. Il ne sait pas d'où, il ne sait pas quand, mais un orage viendra, un terrible ouragan qui l'emportera, et qui balaiera la Russie... Et ceci n'est pas une « prophétie rétrospective », comme on en trouve dans les romans historiques, mais une profonde vérité, l'image fidèle de cette angoisse et de cette obscure terreur qui pèsent sur un pays à la veille d'événements tragiques.

Youri revient à Pétersbourg qui se prépare à fêter l'arriver de Poincaré. On sent l'ombre de la guerre grandir, se projeter sur toutes ces vies encore insouciantes et heureuses. A Pétersbourg où Youri habite chez ses cousins, il perd un peu de sa morgue, de sa précoce superbe, et il redevient un jeune garçon, qui embrasse la bonne en cachette, fait des dettes et attend, avec quelle ardeur, quel émoi, le moment où il sera officier enfin, où la vie s'ouvrira devant lui, si belle et si brillante !...

Nous quittons Youri à la veille de la guerre. Son image reste gravée en nous avec une précision, une netteté admirables. Si seulement ces qualités se retrouvaient plus souvent dans le roman soviétique, il lui serait beaucoup pardonné !...

*
* *

Voici un autre roman, paru il y a deux ans environ, et dont l'auteur, comme celui de *Complète remise à neuf*, est devenu célèbre du jour au lendemain. On y chercherait vainement la maîtrise de L. Sobolev, mais il est intéressant parce qu'il touche au véritable point sensible de l'organisme soviétique : les relations entre le plus individuel des êtres humains, l'artiste, et la société communiste. Ce roman s'appelle *Le Quartier allemand*,

de Lev Nitobourg. En Sibérie, à Arkhangelsk, vit un
riche marchand ; sa femme est la maîtresse d'un Anglais, représentant de commerce, qui habite également
Arkhangelsk et de cette liaison un fils est né, le petit
Aliocha, le héros du livre.

Aliocha montre, dès ses premières années,
d'extraordinaires dispositions pour la musique. L'auteur
décrit avec une force farouche ce caractère fatal, tragique d'un don exceptionnel chez un très jeune enfant.
Chaque fois que Nitobourg parle de musique, de son
attrait pour le jeune Aliocha, de cette puissance qui est
en lui et qui l'écrase, il le fait d'une manière remarquable, à la fois maladroite et aiguë, très prenante, mais
la musique n'est pas la seule héroïne du livre, ni la
seule maîtresse d'Aliocha. Aliocha est également un
bolchevik convaincu, dès l'enfance pourrait-on dire. Il a
été dirigé dans cette voie par son oncle Vlad, ami
personnel de Lénine. Le livre est lé récit de la lutte dans
l'âme de l'adolescent entre le bolchevisme et la musique. Aliocha grandit dans une maison hostile, maus-
sade ; il apprend très jeune qu'il n'est pas le fils de
Blagonravov, le marchand. Ce dernier le sait également,
mais se tait par crainte du scandale. Tout ceci se passe
dans le « quartier allemand » de la ville, symbole de la
bourgeoisie satisfaite. Cette petite société cancanière,
malveillante, est peinte avec une mordante ironie, et la
beauté sévère et majestueuse de l'extrême Nord semble
souligner encore la petitesse de ces êtres ignorants,
avides qui entourent Aliocha.

Sa mère, poitrinaire, va mourir en Suisse. La révolution éclate. Aliocha est un bolchevik ardent, mais aussi
et avant tout un musicien génial. Il y a un conflit dou-
loureux en lui entre ces deux aspirations, ces deux
besoins de sa nature. Car, comme dit Lénine, « un

musicien bolchevik, il y a là quelque chose de bien, mais alors, il est nécessaire qu'il soit avant tout un bolchevik, et non seulement un musicien ». Toute l'idéologie d'Aliocha lui enseigne que son art n'a de signification qu'en tant qu'il sert le bolchevisme, mais son désir de musicien, d'artiste est au contraire de se détourner du réel, d'être farouchement individualiste et de ne voir que son art au monde. Avec une ironie assez féroce, l'auteur décrit les milieux artistiques de Moscou. Aliocha y est solitaire et malheureux comme avant. Il quitte la Russie ; il va en Europe ; il conquiert la gloire. Mais là il ressent plus fort que jamais la torturante dualité de son âme. En Russie, le musicien souffre en lui ; en Europe le communiste. Nulle part il ne peut trouver la paix et le repos. Naturellement, le livre finit dans la plus pure note marxiste. Revenu parmi ses camarades-ouvriers, Aliocha comprend que tout le secret est de consacrer la musique au service du socialisme. Tout est bien, tout le monde est heureux. Les ouvriers s'élèvent moralement, et le musicien est enfin apaisé. Ces « fins heureuses » ne sont pas rares dans la littérature soviétique. Celle-ci est particulièrement regrettable, car elle affadit un beau livre.

TABLE

Dans la collection Les Cahiers Rouges

Gallois (Claire)	*Une fille cousue de fil blanc*
García Márquez (Gabriel)	*L'Automne du patriarche* ■ *Chronique d'une mort annoncée* ■ *Des feuilles dans la bourrasque* ■ *Des yeux de chien bleu* ■ *Les Funérailles de la Grande Mémé* ■ *L'Incroyable et triste histoire de la candide Erendira et de sa grand-mère diabolique* ■ *La Mala Hora* ■ *Pas de lettre pour le colonel* ■ *Récit d'un naufragé*
Garnett (David)	*La Femme changée en renard*
Gauguin (Paul)	*Lettres à sa femme et à ses amis*
Genevoix (Maurice)	*La Boîte à pêche* ■ *Raboliot*
Ginzburg (Natalia)	*Les Mots de la tribu*
Giono (Jean)	*Colline* ■ *Jean le Bleu* ■ *Mort d'un personnage* ■ *Naissance de l'Odyssée* ■ *Que ma joie demeure* ■ *Regain* ■ *Le Serpent d'étoiles* ■ *Un de Baumugnes* ■ *Les Vraies richesses*
Giraudoux (Jean)	*Adorable Clio* ■ *Bella* ■ *Eglantine* ■ *Lectures pour une ombre* ■ *La Menteuse* ■ *Siegfried et le Limousin* ■ *Supplément au voyage de Cook*
Glaeser (Ernst)	*Le Dernier civil*
Gordimer (Nadine)	*Le Conservateur*
Goyen (William)	*Savannah*
Guéhenno (Jean)	*Changer la vie*
Guilbert (Yvette)	*La Chanson de ma vie*
Guilloux (Louis)	*Angélina* ■ *Dossier confidentiel* ■ *Hyménée* ■ *La Maison du peuple*
Gurgand (Jean-Noël)	*Israéliennes*
Haedens (Kléber)	*Adios* ■ *L'Été finit sous les tilleuls* ■ *Magnolia-Jules/L'école des parents* ■ *Une histoire de la littérature française*
Halévy (Daniel)	*Pays parisiens*
Hamsun (Knut)	*Au pays des contes* ■ *Vagabonds*
Heller (Joseph)	*Catch 22*
Hémon (Louis)	*Battling Malone, pugiliste* ■ *Monsieur Ripois et la Némésis*
Herbart (Pierre)	*Histoires confidentielles*
Hesse (Hermann)	*Siddhartha*
Istrati (Panaït)	*Les Chardons du Baragan*
James (Henry)	*Les Journaux*
Jardin (Pascal)	*Guerre après guerre suivi de La guerre à neuf ans*
Jarry (Alfred)	*Les Minutes de Sable mémorial*
Jouhandeau (Marcel)	*Les Argonautes* ■ *Elise architecte*
Jullian (Philippe), **Minoret** (Bernard)	*Les Morot-Chandonneur*
Jünger (Ernst)	*Rivarol et autres essais*
Kafka (Franz)	*Journal* ■ *Tentation au village*
Kipling (Rudyard)	*Souvenirs de France*
Klee (Paul)	*Journal*
La Varende (Jean de)	*Le Centaure de Dieu*

La Ville de Mirmont (Jean de)	*L'Horizon chimérique*
Lanoux (Armand)	*Maupassant, le Bel-Ami*
Laurent (Jacques)	*Croire à Noël* ■ *Le Petit Canard*
Le Golif (Louis-Adhémar-Timothée)	*Cahiers de Louis-Adhémar-Timothée Le Golif, dit Borgnefesse, capitaine de la flibuste*
Léautaud (Paul)	*Bestiaire*
Lenotre (G.)	*Napoléon – Croquis de l'épopée* ■ *La Révolution par ceux qui l'ont vue* ■ *Sous le bonnet rouge* ■ *Versailles au temps des rois*
Levi (Primo)	*La Trêve*
Lilar (Suzanne)	*Le Couple*
Lowry (Malcolm)	*Sous le volcan*
Mac Orlan (Pierre)	*Marguerite de la nuit*
Maeterlinck (Maurice)	*Le Trésor des humbles*
Maïakowski (Vladimir)	*Théâtre*
Mailer (Norman)	*Les Armées de la nuit* ■ *Pourquoi sommes-nous au Vietnam ?* ■ *Un rêve américain*
Maillet (Antonine)	*Les Cordes-de-Bois* ■ *Pélagie-la-Charrette*
Malaparte (Curzio)	*Technique du coup d'État*
Malerba (Luigi)	*Saut de la mort* ■ *Le Serpent cannibale*
Mallea (Eduardo)	*La Barque de glace*
Malraux (André)	*La Tentation de l'Occident*
Malraux (Clara)	*...Et pourtant j'étais libre* ■ *Nos vingt ans*
Mann (Heinrich)	*Professeur Unrat (l'Ange bleu)* ■ *Le Sujet!*
Mann (Klaus)	*La Danse pieuse* ■ *Mephisto* ■ *Symphonie pathétique* ■ *Le Volcan*
Mann (Thomas)	*Altesse royale* ■ *Les Maîtres* ■ *Mario et le magicien* ■ *Sang réservé*
Mauriac (Claude)	*André Breton*
Mauriac (François)	*Les Anges noirs* ■ *Les Chemins de la mer* ■ *Le Mystère Frontenac* ■ *La Pharisienne* ■ *La Robe prétexte* ■ *Thérèse Desqueyroux*
Mauriac (Jean)	*Mort du général de Gaulle*
Maurois (André)	*Ariel ou la vie de Shelley* ■ *Le Cercle de famille* ■ *Choses nues* ■ *Don Juan ou la vie de Byron* ■ *René ou la vie de Chateaubriand* ■ *Les Silences du colonel Bramble* ■ *Tourguéniev* ■ *Voltaire*
Mistral (Frédéric)	*Mireille/Mirèio*
Monnier (Thyde)	*La Rue courte*
Morand (Paul)	*Air indien* ■ *Bouddha vivant* ■ *Champions du monde* ■ *L'Europe galante* ■ *Lewis et Irène* ■ *Magie noire* ■ *Rien que la terre* ■ *Rococo*
Mutis (Alvaro)	*La Dernière escale du tramp steamer* ■ *Ilona vient avec la pluie* ■ *La Neige de l'Amiral*
Nabokov (Vladimir)	*Chambre obscure*
Nadolny (Sten)	*La Découverte de la lenteur*
Némirovsky (Irène)	*L'Affaire Courilof* ■ *Le Bal* ■ *David Golder* ■ *Les Mouches d'automne précédé de La Niania et Suivi de Naissance d'une révolution*

Nerval (Gérard de)	*Poèmes d'Outre-Rhin*
Nizan (Paul)	*Antoine Bloyé*
Nourissier (François)	*Un petit bourgeois*
Obaldia (René de)	*Le Centenaire* ■ *Innocentines*
Peisson (Edouard)	*Hans le marin* ■ *Le Pilote* ■ *Le Sel de la mer*
Penna (Sandro)	*Poésies* ■ *Un peu de fièvre*
Peyré (Joseph)	*L'Escadron blanc* ■ *Matterhorn* ■ *Sang et Lumières*
Philippe (Charles-Louis)	*Bubu de Montparnasse*
Pieyre de Mandiargues (André)	*Le Belvédère* ■ *Deuxième Belvédère* ■ *Feu de Braise*
Ponchon (Raoul)	*La Muse au cabaret*
Poulaille (Henry)	*Pain de soldat* ■ *Le Pain quotidien*
Privat (Bernard)	*Au pied du mur*
Proulx (Annie)	*Cartes postales* ■ *Nœuds et dénouement*
Radiguet (Raymond)	*Le Diable au corps suivi de Le bal du comte d'Orgel*
Ramuz (Charles-Ferdinand)	*Aline* ■ *Derborence* ■ *Le Garçon savoyard* ■ *La Grande peur dans la montagne* ■ *Jean-Luc persécuté* ■ *Joie dans le ciel*
Revel (Jean-François)	*Sur Proust*
Richaud (André de)	*L'Amour fraternel* ■ *La Barette rouge* ■ *La Douleur* ■ *L'Etrange Visiteur* ■ *La Fontaine des lunatiques*
Rilke (Rainer-Maria)	*Lettres à un jeune poète*
Rivoyre (Christine de)	*Boy* ■ *Le Petit matin*
Robert (Marthe)	*L'Ancien et le Nouveau*
Rochefort (Christiane)	*Archaos* ■ *Printemps au parking* ■ *Le Repos du guerrier*
Rodin (Auguste)	*L'Art*
Rondeau (Daniel)	*L'Enthousiasme*
Roth (Henry)	*L'Or de la terre promise*
Rouart (Jean-Marie)	*Ils ont choisi la nuit*
Rutherford (Mark)	*L'Autobiographie de Mark Rutherford*
Sachs (Maurice)	*Au temps du Bœuf sur le toit*
Sackville-West (Vita)	*Au temps du roi Edouard*
Sainte-Beuve	*Mes chers amis...*
Sainte-Soline (Claire)	*Le Dimanche des Rameaux*
Schneider (Peter)	*Le Sauteur de mur*
Sciascia (Leonardo)	*L'Affaire Moro* ■ *Du côté des infidèles* ■ *Pirandello et la Sicile*
Semprun (Jorge)	*Quel beau dimanche*
Serge (Victor)	*Les Derniers temps* ■ *S'il est minuit dans le siècle*
Sieburg (Friedrich)	*Dieu est-il Français ?*
Silone (Ignazio)	*Fontamara* ■ *Le Secret de Luc* ■ *Une poignée de mûres*
Soljenitsyne (Alexandre)	*L'Erreur de l'Occident*
Soriano (Osvaldo)	*Jamais plus de peine ni d'oubli* ■ *Je ne vous dis pas adieu...* ■ *Quartiers d'hiver*
Soupault (Philippe)	*Poèmes et poésies*
Stéphane (Roger)	*Chaque homme est lié au monde* ■ *Portrait de l'aventurier*
Suarès (André)	*Vues sur l'Europe*

Teilhard de Chardin (Pierre)	*Ecrits du temps de la guerre (1916-1919)* ■ *Genèse d'une pensée* ■ *Lettres de voyage*
Theroux (Paul)	*La Chine à petite vapeur* ■ *Patagonie Express* ■ *Railway Bazaar* ■ *Voyage excentrique et ferroviaire autour du Royaume-Uni*
Vailland (Roger)	*Bon pied bon œil* ■ *Les Mauvais coups* ■ *Le Regard froid* ■ *Un jeune homme seul*
Van Gogh (Vincent)	*Lettres à son frère Théo* ■ *Lettres à Van Rappard*
Vasari (Giorgio)	*Vies des artistes*
Vercors	*Sylva*
Verlaine (Paul)	*Choix de poésies*
Vitoux (Frédéric)	*Bébert, le chat de Louis-Ferdinand Céline*
Vollard (Ambroise)	*En écoutant Cézanne, Degas, Renoir*
Vonnegut (Kurt)	*Galápagos*
Wassermann (Jakob)	*Gaspard Hauser*
Webb (Mary)	*Sarn*
White (Kenneth)	*Lettres de Gourgounel* ■ *Terre de diamant*
Whitman (Walt)	*Feuilles d'herbe*
Wolfromm (Jean-Didier)	*Diane Lanster* ■ *La Leçon inaugurale*
Zola (Émile)	*Germinal*
Zweig (Stefan)	*Brûlant secret* ■ *Le Chandelier enterré* ■ *Erasme* ■ *Fouché* ■ *Marie Stuart* ■ *Marie-Antoinette* ■ *La Peur* ■ *La Pitié dangereuse* ■ *Souvenirs et rencontres* ■ *Un caprice de Bonaparte*

Cet ouvrage a été imprimé par

FIRMIN-DIDOT

Mesnil-sur-l'Estrée

pour le compte des Éditions Grasset
en octobre 2010

Imprimé en France
Dépôt légal : octobre 2010
N° d'édition : 16440 – N° d'impression : 102337